献给每一个热爱自由的灵魂

20 名不上班青年的人生白皮书

林安 / 著

广西师范大学出版社
· 桂林 ·

图书在版编目（CIP）数据

只工作，不上班 / 林安著 .—桂林：广西师范大学出版社，2019.9（2022.3 重印）
ISBN 978-7-5598-2029-7

Ⅰ. ①只… Ⅱ. ①林… Ⅲ. ①新闻报道－作品集－中国－当代 Ⅳ. ① I253

中国版本图书馆 CIP 数据核字（2019）第 158534 号

只工作，不上班
ZHIGONGZUO，BUSHANGBAN

责任编辑：肖　莉
助理编辑：季　慧
装帧设计：马　珂

广西师范大学出版社出版发行
（广西桂林市五里店路 9 号　　邮政编码：541004
网址：http://www.bbtpress.com）
出版人：黄轩庄
全国新华书店经销
销售热线：021-65200318　021-31260822-898
恒美印务（广州）有限公司印刷
（广州市南沙区环市大道南路 334 号　邮政编码：511458）
开本：889mm × 1 270mm　1/32
印张：9　字数：225 千字
2019 年 9 月第 1 版　2022 年 3 月第 3 次印刷
定价：68.00 元

现在的年轻人，为什么都不想上班了？

2018 年 2 月 11 日，处于职场迷茫期的我，在网上发布了第一篇“100 个不上班的人”系列人物采访。开始这个计划时，我从未想过它可以产生多大的影响力，以及我可以坚持多久。

幸运的是，一年过去了，这个计划远比我想象中走得更远、更成熟。而我自己，也在执行这个采访计划的过程中渐渐走出了职场，用一年时间，摸索出了一条属于自己的“不上班”之路。

过去这一年多的时间里曾有无数人问我：“你为什么要做这个采访计划？”每一次，我给出的答案都很简单：“因为我就是一个不想上班，却不知道不上班可以做什么的人，我相信和我一样有这种想法的人很多。”

“不上班”这个词，听上去可能有点儿消极，但它在我的定义里并不等同于“无所事事”和“消磨时光”，它不是为了逃避职场而做出的被动选择，而是“可以在职场混得很好”的前提下做出的主动选择。所以过去一年，每当有人问我“如何才能不上班”时，我都会给他们普及一个概念：不上班不等于不工作。大部分人说自己“不想上班”，其实并非“不想工作”。

这里需要重新定义“上班”和“工作”这两个词的概念。在我的理解里，“上班”是一种个人与公司之间的“商业交易行为”，公司付费购买你的劳动时间，你就必须按照公司的规章制度，在规定时间到规定地点去做规定的事情。而“工作”则是一个人安身立命或实现自我价值的手段之一。简而言之：上班是为别人做事，而工作是为自己。

在“锵锵三人行”的百度贴吧里，某位网友对“上班”和“工作”的定义，我觉得形容得非常贴切。

上班：一种勉强的、不情愿的、被动的、单纯为了不被带上耻辱的“无业者”帽子的那些家境一般又没有什么特殊才能的青年人、中年人所做的事情。“混日子”是上班族的普遍心态，因为收入不高，但又不能没有这份收入，所以“焦虑症”患者的比例也相对高一些，这在“狼多肉少”与攀比心较重的地方最为明显。当然，也有一些人因惯性使然（上着上着就习惯了），他们对生活的要求也不高，所以“混日子”对他们而言就是最好的日子。

工作：带有一种积极的、并不单纯为了不被别人歧视为无业者的、有奋斗目标并能结合自身能力的、想要在工作中实现自身价值并能乐在其中的人做的事情。

所以千万不要混淆了“上班”和“工作”的概念，你可以不喜欢上班，但一定要热爱工作。我提倡“只工作，不上班”，而不是在没有想清楚自己究竟是“不想上班”还是“不想工作”的前提下，就盲目辞职。

现在的年轻人为什么不想上班了？任何一种社会现象的背后一定有其错综复杂的原因，我试图从一个个“不上班”的微观个体中寻找答案，因此有了“100 个不上班的人”独立采访计划，也因此有了这本书。

通过一年多的采访，我发现大部分人并非生来就讨厌上班，所以“职业倦怠症”一般都出现在那些已经工作了几年的人身上，而不是在应届毕业生身上。相反，刚刚离开学校的应届毕业生反而对上班的积极性很高，因为新鲜好奇、没有经验。但工作几年之后，大部分人会发现一个关于上班的真相：至少目前，上班的本质其实还是为了赚钱谋生。幸运的话，它也许还能给你带来金钱以外的成就感；不幸的话，你就单纯是在做一笔拿时间换金钱的交易，所以才会有人抱怨“上班就是在浪费青春”。

但是生活在如今的世界，一个人想要生存下去，就必须牺牲点儿什么去换取金钱。而牺牲时间，可以说是每个人都天然拥有且成本最低的买卖。所以上班赚钱，成了这个社会约定俗成的一件事情，它背后所折射的含义是：你要生存，就得上班。所以大部分人哪怕上班没那么顺心，或正在做着自己不感兴趣的事情，也只能忍气吞声，日子久了，倦怠感自然而来。

互联网时代，信息更加公开透明，大到世界，小到身边，你可以看到每一个人的生活方式和生活状态：谁谁谁出国读书了；谁谁谁创业了；谁谁谁一边环游世界，一边赚钱了……再加上各类媒体、广告、互联网产品每天都在变着花样供应各种生活方式：精英就该喝某品牌的咖啡，戴某品牌的表；中产阶级的标配就是一房一车，一年两次国外旅游；月薪两万元的女孩每天一颗牛油果；不油腻的中年男人周末都在健身房挥汗如雨……一方面，不同阶层的人毫无保留地看到了彼此的生活状态；另一方面，媒体也越来越鼓吹同一种价值观和成功标准。渐渐地，所有人都被挤到了同一个地方，向着同一个方向奋斗。然而可悲的是，社会中的经济差距是存在的，人与人之间的攀比心又极其重。于是那些无法突破现状的人，只能一边羡慕着别人的生活，想要努力改善自己，一边又缺乏奋斗的斗志与能力，于是挫败不断，最后只能沦为社会的边缘人，一日日重复上着没有希望的班，不认命地活着。

虽说现在的年轻人，可以从事的工作类型比他们的父辈更丰富，互联网的开放也给他们带去了很多“不上班”的新机会，但如今北上广深等一线城市的生存压力也比过去大多了。特别是对于那些家境一般又不顾父母反对、义无反顾离开家乡去大城市工作的青年来说，衣食住行的生存压力与日益膨胀的物质欲望都让他们在许多个“不想上班”的时刻犹豫不决。既得不到父母的支持，也没有承担风险的经济实力，看似选择更多的年轻人实则根本没有选择。于是只好一边抱怨着“不想上班”，一边继续埋头干活。所以“不想上班”对当代青年来说，其实是一句令人十分沮丧而又无能为力的话，它背后隐含的是除了上班别无选择的无奈。

生活中我接触到的大多数人，都处于“不想上班”却“还在上班”的阶段。他们不喜欢自己的工作，无法从中找到自己的价值所在，却又找不到更好的出路。我理解这种状态有多糟糕，因为曾经的我也是这样。所以“100个不上班的人”这个项目诞生之初，我的愿景很简单：通过分享那些成功走上不上班道路之人的故事，给“不想上班”却又“毫无头绪”的人一些思路和勇气。

我始终觉得工作占据了我们每个人人生中60%以上的时间，如果工作不开心，你的人生大概也是无望的。工作本该是一件能够给我们带来快乐和成就感的事情，但反观现在的社会现状，受制于一些工作以外的因素，如“复杂的人际关系”“烦琐的沟通流程”“死板的打卡制度”等，很多人残存的最后一点工作热情也消失殆尽。“这是否意味着朝九晚五的上班制度，本身就是有问题的呢？”不再受雇于任何一家企业后，我常常思考这个问题，相信会买这本书的你，心中一定也多少存在这样的疑惑。

为了寻找答案，我在写这本书的过程中和不少于50名“不上班的人”讨论过。我发现他们身上有一些共性：自主独立、不喜欢被条条框框束缚、内心有自我实现的渴望。这些共性决定了他们注定不适合在一家公司做朝九晚五的上班族，他们是一群“关不住的鸟儿”——可能有些人天生就不适合上班，这本书正是为这群人所写的。

本书中，我将不上班的人划分成了几类：有专一技能的自由职业者、处于初创阶段的创业者、开店的个体户、有多种技能和多重身份的“斜杠青年”……他们的故事会穿插在不同章节中。如果你问我这几类人有什么样的共性，让我把他们划分到同一个概念下，那就是“为自己打工，而不是为别人”。

我始终觉得未来社会，最理想的工作方式是“每个人都能在自己喜欢的空间里，做着自己喜欢的工作”，“不上班”只是众多生活方式中的一种。如果你喜欢在一家稳定的企业工作，享受上班族的特有福利，就踏踏实实地上班；如果你想工作时间相对自由，并为自己的兴趣和事业打拼，可以试一试“不上班”。

无论你选择哪种生活和工作方式，最重要的是，一定要做让自己开心的事情。人活一世，开心才是最重要的。

林安

2019年6月27日 于上海

目录

听说每三个不想上班的人中，
就有一人想开店？

咖啡店店主 Sandy

开店完全是另一种人生

| 北漂四年，回家开咖啡店创业 |

我从未怀疑过 Sandy 做不好开店这件事情，而她两年的咖啡店店主经历也证明了我的这一想法：Sandy 在重庆的第一家咖啡店，4 个月内就实现了盈利；第二家茶饮店，半年内连开 3 家，并且吸引来了加盟商加盟。

在开店这件事情上，Sandy 有商业头脑，也有不怕折腾的精神。但成功的背后，也有无数次想放弃却咬牙坚持下来的时刻。两年后，Sandy 已经是重庆三家茶饮店的创始人之一。回顾过去一年的经历，她却感叹，2018 年对她来说，已经“丧”到了谷底：第一家店由于一开始没有从公平的角度考量分配问题，导致她放弃了第一个小有名气的品牌，转让给了别人；第二家店由于没有商业投资和合伙开公司的经验，导致商业合同纠纷不断，最终，Sandy 和一起合伙开店的好朋友因为利益分道扬镳。

“开店创业这条路要经历的事情实在是比我预期的要困难太多，

+ 第一家咖啡店 KOPIKOPI 产品图

九九八十一难，每一难都让人想放弃。友谊的小船因为一点儿利益说翻就翻，商业上的尔虞我诈也让我刷新三观、重画底线。我觉得我在做生意这件事情上运气没有那么好。做的都是好事，却常常事与愿违，我偶尔也会反思自己。”

“如果没有选择开店创业，我可能还是一个在职场上摸爬滚打的北漂青年。提前经历了大半个人生的挫折，也是一种收获吧。”如今的 Sandy 只能这样安慰自己。但不论经历过什么，和很多开店失败的人比起来，Sandy 也算是一个成功的开店创业者。在城市里开一家可盈利的线下饮品店，需要注意些什么？又会经历些什么？ Sandy 的故事，也许可以给出答案。

| 找到自己喜欢的风格，并坚持下去 |

Sandy 是我毕业后在北京第一家公司工作时认识的朋友，一个不惜支付违约金也要辞去体制内的工作，前往北京“北漂”的重庆姑娘。在以加班闻名的广告公关公司，Sandy 刚来组里时话不多，她总是一个人坐在角落独自工作，让我一度以为她是一个文静内敛的姑娘。慢慢熟悉以后，我才见识了她身上重庆女孩特有的热情、仗义，以及极具社交天赋的另一面。

在北京的 3 年，Sandy 尝试过很多工作：在公关公司做策略执行，给某歌唱艺人做公关总监，在互联网创业公司做市场负责人……每一份工作都不轻松，加班熬夜是家常便饭，忙到极限时还进过医院。

也许在外人眼里看来，人脉广、善社交的 Sandy 身边永远不缺朋友，会吃、会玩、会享受的生活方式也使她看上去像是有原生家庭的经济支持，身边朋友也爱拿“Social Queen”（社交女王）、“白富美”调侃她。但只有真正熟识之人才知道：工作后的 Sandy 几乎没向父母要过钱，外人眼里的光鲜生活其实都是她利用闲暇时间接私活挣来的。

“在重庆，父母也许可以让我过上还算体面的生活。但是在北京，想过上自己喜欢的生活，只能靠自己。”某次周末一起逛宜家，谈起将来想过的生活时，Sandy 说的这段话让我印象深刻。虽然平时聚在一起，我们老是嘴上嚷嚷“赚钱不易，人生理想就是嫁个有钱人”，但其实在内心深处，大家都清楚自己不想混入人群中泯然众人，而是想成为能够靠自己的力量发光发亮的人。

还在北京工作时，我曾听 Sandy 提起过想在重庆开一家饮品店。当时我以为她只想开一家几平方米的小奶茶店，作为一项副业远程管理。毕竟在咖啡店同质化竞争异常激烈的今天，高昂的店铺租金和装修费用，以及层出不穷的咖啡竞品，使得开咖啡店听上去像一门赔本生意。实际上，近些年咖啡店的倒闭数量也确实在持续增长。

据统计，2016 年，仅上海一座城市的咖啡店数量就有 6000 多家，比 2015 年增长 15%。但也同样是在 2016 年，全国咖啡店的倒闭率高达 13.5%。但 Sandy 似乎并没有想这么多，她决定开咖啡店的初衷只是因为她是一名重度咖啡爱好者，几乎每天都要喝两三杯。但是回到重庆后，她却很难喝到满意的咖啡。

Sandy 和身边很多朋友每天都要喝咖啡，所以她并没有担心过咖啡店不赚钱的问题，当时的她认为，只需要找到像她这样的“咖啡重度患者”就可以了。

那么重庆当时的咖啡店市场行情究竟如何？到底有没有足够多像 Sandy 这样的“咖啡重度患者”？在正式开咖啡店前，Sandy 曾经做过

✚ Sandy 的咖啡店，追求极简北欧风

简单的市场调研，发现重庆的咖啡店市场，不能用市场空白来形容，而是市场苍白。

当时重庆市场上的咖啡店风格非常单一，星巴克、漫咖啡等大型连锁店是主流，除此之外，独立咖啡店非常少，精品咖啡店就更不用说了。“价格高、出品差、分布散，几乎没有什么良性竞争的网红咖啡店存在。”Sandy 总结道。

在咖啡厅装修风格上，大部分当地的“网红”咖啡店，还停留在归隐田园式的风格上，再配以对应的故事营销，当时的重庆消费者很吃这一套。但在 Sandy 看来，这种“杂草丛生”式的装修风格并不是她欣赏的咖啡厅类型。不巧她刚好知道某些受消费者追捧的“网红”店用的是最差的原料和二手咖啡机，于是对那些店的印象就更差了。

“我个人还是比较喜欢简约前卫一点的风格，有设计感，以及真正的质感。但如果重庆的市场还停留在喜欢这种阴暗老气的氛围里，用粗制滥造的东西加浮夸的营销手段就可以抢占消费者，我会很担心我这种咖啡店没有市场。”

很长一段时间，Sandy 陷入了纠结之中。一方面，坚持自己喜欢的风格可能会没有市场；另一方面，迎合大众喜好又违背内心原则。

纠结很久之后，Sandy 最终还是下定决心坚持自己喜欢的风格和理念，不盲目迎合市场，而是用做品牌的经验来做咖啡厅。后来的结果证明，Sandy 当初的决定是正确的。

| 正式开店前，应该做好哪些准备？ |

在倒闭率高达 13.5% 的咖啡店市场中，Sandy 的店铺在刚刚运营了 4 个月的时候就实现了盈利，这主要和她在开店之初就定下的“不亏钱”的运营规划有关。从“不亏钱”的角度出发，Sandy 反推出了包括店铺选址、设备、原料以及运营等之类的成本。

“在选定了咖啡机固定设备和咖啡豆、牛奶这些固定运营成本后，我清楚地算出了每天要达到多少营业额我才能收支平衡，因为这些东西是直接影响品质和口碑的，绝不能省。由此再反推我的工作室位置、推广、包装等软性的投入，控制在我能承担的风险范围内。”

Sandy 说，最开始她和合伙人只有 20 万元的启动资金，这个数字在咖啡店的投资中并不算高。为了保持收支平衡，她将店铺设在白领居多的商务楼里，仅租了几平方米的空间，自己和老公一起报班学习做咖啡，主要在线上外卖平台接单。不仅节省了人力成本，还省下了一大笔租金和装修费，同时还提前在线上平台做了品牌宣传，为日后的线下实体店打下了基础。

此外，对于咖啡店日常的经营状况也要结合自己的实际业态来看，从自己店里的客单价与销量来估算盈利周期。通常咖啡店一年内开始盈利就算是不错的，如漫咖啡那种把咖啡当成休闲场所的业态，需要饮品和丰富的餐点支撑，背后往往有一些大的投资商支持这类店铺的长期运营。像 Sandy 扩大咖啡店规模后做的“单一饮品 + 精品餐点”的小众群体咖啡厅，经营得好的话，盈利周期会大大缩短，因为她的投资比较少，运营压力也小。总结规律就是：咖啡店的规模形态和前期投入越大，回本速度和经营压力就越大，反之亦然。

“我给自己订下的计划是半年内实现盈利，所以我会严格控制成本，而不是盲目投入，因此我的经营性流动资金一直是正数。”

Sandy 的店内的最大投资就是一些咖啡设备和原材料：欧洲进口的全新咖啡机、一豆一机两台磨豆机、定制的流水操作吧台、提高效率的蒸汽洗杯器、双层隔热的外带杯以及设计师的瓷杯、进口砂糖等。之所以在这些客人看不见地方投入重金，是因为她认为咖啡的品质是一家咖啡店能否长久运营下去的基础。所以当一些咖啡供应商来到店里向她推销“成本低、好赚钱”的原材料时，她都一律回绝。

“真正进入了这个行业才知道，越是行业内有经验的老手，使用的材料和设备可能越差，新人反而在这方面做得最规矩。虽然赚钱的速度慢点，但至少问心无愧。”

利用自己的公关专长，Sandy 让门店进入了正向运转，用有限的预算做出了最精准有效的推广。第一家店在重庆的口碑和名气一路攀升，她实现了当初给自己定下的目标——开店半年内实现盈利。

| 开店新人，应该避踩哪些坑？ |

有了开店的前期准备，还需要在日常运营中不断学习、试错和改进。作为一个新人，Sandy 在运营咖啡店的过程中也通过不断摸索和“踩坑”，总结出了很多开店者值得借鉴的经验心得。

首先第一条，杜绝一切不需要的东西。

“刚进入这个行业时，会有很多‘有经验’的供应商告诉你，你应该做什么，哪些必须要。如果你听了他们的话，投入就会是个无底洞。”Sandy 说。不懂拒绝，盲目投入，是大部分咖啡店难以实现盈利的原因。

Sandy 进设备的时候，供应商曾说：“你需要一台冰沙机，一个饮品店没有冰沙，你卖什么？”当时的 Sandy 非常坚定地说了不需要，因为她刚开店的时候，菜单上只有咖啡。这时如果是一个不够坚定的人就会想：“对哦，我应该卖冰沙。”然后这台八千块钱的冰沙机就得抱回家，随之而来的是需要配合新增的果汁去找一些新鲜的水果供应链，与其他饮品展开恶性的价格竞争。

所以开店之初想清楚要做什么，坚定自己的想法，这才是最重要的。

第二条，做好承担风险的心理准备，不盲目跟风。

经营一家咖啡店是一项长期投资，只要是投资就存在风险。所以在开店的同时要做好风险评估。一方面要估算在经营中能承担的最大风险，留一笔周转资金或想一些方案来化解这些风险。“比如我担心初期没有客流，那我就从外卖平台入手推广。比如我担心店里生意不稳定，我就在开店的同时，还经营一家小型广告工作室去接一些企业的单子，维持咖啡店的日常开销。”Sandy 说。

做这一行生意时好时坏是正常的，风险出现的时候一定要沉着应对，而不是盲目搬照别家的经验。“越火的店越不能学，不要被客流蒙蔽，很多店都是表面风光。”这是 Sandy 在考察过大部分“网红店铺”后得出的结论。

第三条，利润再高，也时刻提醒自己不要忘了初心。

其实咖啡店的入行门槛并不高：一个咖啡师、好的原材料、好的设备，配齐这些基本就可以开一家咖啡店了。但也正是因为这一行入行门槛不高，才导致市场上咖啡店的质量良莠不齐。

“很多咖啡店没有办齐执照就开始营业。以前或许可以抱着侥幸心态，现在可不行了，管控非常严格，餐饮业需要有的执照必须办齐。”据 Sandy 了解，市场上资质不全，一心只想着赚钱的咖啡店不在少数。

有的店前期运营不佳，固定资产又已经不能改变，店家就会在原料上“抠”，但其实这样生意只会越来越差，因为节省了原材料，咖啡的品质必然会下降，就算用营销推广来补贴，也只能形成恶性循环。

| 开店后的生活，发生了质的改变 |

自从离开职场，回到家乡独立创业后，Sandy 的生活状态、看待问题的方式，还有金钱观念，都发生了不少改变。以前在互联网公司工作，她接触的都是职场白领。现在进入了餐饮行业，Sandy 每天面对的都是生意人、工人和餐厅服务人员。

“开店做生意以来，各种扯皮的事情明显变多了。过去一年，我做得最多的事情就是开各种没有意义的会，和各种利益方进行扯皮、谈判。”也许和陌生人之间的纠纷可以不放在心上，但与最好的朋友一起合伙开店，最后却闹成不欢而散的下场，让 Sandy 心里十分过意不去。

+ Sandy 的老公在店里做咖啡

2018 年，由于店铺利益的纠纷，Sandy 与合伙开店的朋友撕破了脸。最终，她选择转让自己亲手开起来的第一家咖啡店。因祸得福的是，由于 Sandy 的第一家店在重庆当地做得小有名气，有投资人找上了她。很快，她就和另外两名股东一起，决定再创造一个新的茶饮品牌。如果说第一家咖啡店只是小试牛刀，那么第二家店对 Sandy 来说，就是一次大展拳脚的机会。

“原来，店铺运营是有模板的，只要严格控制好每一块的成本，店铺盈利并非难事。”

“原来，我以前花了那么多冤枉钱。设备没必要买全新的，二手设备可以节省很大一笔钱。”

“原来，很多商业合同漏洞百出，给店铺请一个律师，一年可以省很大一笔钱。”

有了合伙人的帮助，Sandy 的二次开店进展得十分顺利，仅用了半年时间，就让新建的茶饮品牌在重庆做到了可以和喜茶、鹿角巷媲美的程度。虽然第二家店最终因为商业纠纷导致了部分亏损，但她也在这个过程中学会了不少业务、法务和财务的知识。“就当给自己交了学费。”她在后来笑着调侃。

现在，Sandy 婉拒了以前在开店之余承接的其他品牌的推广业务，全身心投入在第二家店的品牌推广上。“对于这家店的投入，我觉得自己做到了 200%。”

以前在北京广告圈工作是身体上的累，如为了赶一个项目整日奔波、长时间熬夜。最累的一次是她跳槽到一家互联网公司做市场负责人，薪资虽然涨了不少，但工作量惊人。她刚进公司就一个人同时对接 20 多个项目，不仅做市场，还做商务，最后高强度的工作量硬是把她送进了医院，出院后 Sandy 就从这家公司离职了。

现在 Sandy 自己开店，虽然时间上更自由，身体上也不再有北京工作时那么累，但精神上却并不轻松，因为让她焦虑的事情太多。在北京的那几年，Sandy 很少会想赚钱的事，每年年底银行卡里有个四五万元的存款就挺开心。“那个时候如果一个月手上有一万块，我可以花个八九千块。只要卡里有钱了，就会计划去哪里玩一趟把钱花了。现在账户上哪怕有几十万元，手里还有十几万元，也还是不敢随便花。”

+ Sandy 和老公在第一家店

赚钱越多，越舍不得花，这种消费观的转变并非“守财奴”式的执念，而是从打工者到老板的身份转变，使 Sandy 背负了更多责任与压力。作为一个生意人，考虑问题必须未雨绸缪，为几个月以后可能会发生的事情做准备：交房租、发放员工工资、缴纳税费和社保、发年底奖金，还有以后开新店的资金等。无论如何，都一定要保证账户里有几十万元资金储备。

“虽然现在赚得更多，但花得也更多，而且到开店后期，花销只会越来越大。”Sandy 现在每天最开心的时刻，就是在外面跑了一天回到店里时，看到当日流水账单的时刻，最动听的声音非支付宝到账提示音莫属。

稳定的现金流，是任何不再给公司打工的自由职业者的安定剂。以前在公司，不论工作表现如何，每个月到了固定日期，银行账户都会有一笔钱入账。自己单干以后，这笔钱消失了，这时只要持续一段时间没有足够的资金入账，人就会陷入焦虑之中。“所以一定要做现金流的生意，像那种延迟付款的工作，只会让你陷入焦虑之中。”这也是 Sandy 最近比较苦恼的事情：她在经营咖啡店的同时开的广告工作室，都是先干活后付款的模式，于是每个月到了收款日，都不得不想尽各种办法去催款。

除此之外，得不到父母的支持也是困扰大多数自由职业者的问题，Sandy 也一样。她的父母和大多数中国父母一样，认为“上班的女孩，工作安稳，不会太累”。这可能是上一辈人永远走不出来的观念。但是今不如昔，安稳上班的女孩子可能会更累——一边抱怨不喜欢自己的工作，一边害怕离开舒适区后无法生存，毕竟现在的社会早已和过去不同，不随着时代进步就会逐渐被社会淘汰。

“我周围在创业的小伙伴最有共鸣的一句话就是：父母太不理解我们这一代人了。不理解我们真正的需求，做决定也不考虑我们的想法。”

那么我们这一代人是怎样的一代人呢？按 Sandy 的说法是：“我们这一代人的压力空前巨大，偏偏最自我、最自私。教育成本越来越高，又不想降低自己的生活质量，才不想这么早生育，所以只有通过自己的奋斗去改变人生轨迹。也有人说只希望孩子普普通通地长大，那就是个人想法追求不一样了。我认识的大部分女生，也从不指望啃老、啃老公，现在有钱、漂亮、有能力、会赚钱、有个性的女生太多了，婚恋价值早就不局限在是否有份安稳工作和有车有房上。但是上一代人很难理解这些。”

所以哪怕自己现在开店已经取得了一定成绩，Sandy 的父母依旧每天在家给她做思想工作，劝她重新去上班，这一点让 Sandy 至今仍很苦恼：“如果你已经选择了创业，回头路几乎是没有的。”

| 开店是为了自由 |

“你工作的终极目标是什么？”过去，我很喜欢问正在工作的人这个问题。得到的答案无非两种：一是财务自由，二是实现个人价值。同样的问题我也问了已经不再工作的 Sandy，只不过问题改了两个字：“你开店的终极目标是什么？”

她给我的答案简单而直接：“希望挑战另外一种人生角色——做老板。从无到有建设一个品牌，我觉得是一件很有挑战和成就感的事情。”

开店以前的 Sandy 是一个做决定很冲动的人，对大部分事情都是三分钟热度。“现在回头看，我没想到两个不算成功也不算失败的品牌，从负债到收益稳定，我居然还在坚持创业。”

“那么你如何理解财务自由呢？”我紧接着问。

“我觉得这要看每个人的生活状态。从我个人来说，其实我现在的经济水平和大多数重庆人比，已经算财务自由了——有车有房，有自己的店，赚得比大多数人多很多。但我要看得更长远，想想三五年以后的事情。比如，我现在的生活状态是每隔一个月要出去旅游一次，吃穿用方面的事情基本都不用发愁。我今年结婚了，家里人也在催着生孩子，但是我不想这么快生孩子的原因是养孩子太费钱，我就想如果我赚的钱能够保证我即使养一个孩子，也能不降低现有的生活质量，那才叫财务自由。”这是 Sandy 心中，对财务自由的理解。

为了实现这个目标，她在已经过上足以令大多数人羡慕的生活后，仍旧孜孜不倦地工作着：把咖啡店的品牌做得再大一点，把店里的产品从单一的茶饮扩充到面包甜点，待新品牌成熟后拓展到其他城市，或者再开一个小餐饮的品牌。刚创立第一家咖啡店时的 Sandy，关于未来有很多美好的构想。

她几乎把想做的事情都做了一遍，两年后，心境却发生了很大的变化。原本以为开了一家店就可以过上每天喝喝咖啡、看看书的悠闲生活，真正进入了这一行，才知道开店的辛苦程度比想象中还要痛苦 100 倍。

“刚开始开店创业的时候，我以为我是为了悠闲地赚钱，然而这两年起起伏伏过来，我发现自己还是处在一个斜杠的状态里，开店的同时还在做很多事情，并没有 all in （孤注一掷）去开一家店。未来还是希望自己准备好全力一战后，再 all in 于一个理想事业里。”

“如果现在有年轻人问你，要不要辞职去开一家店，你会如何回答？”两年后的某个晚上，我问 Sandy。

“这个话题永远没有标准答案，最近朋友分享我看了关于 14 位创业人的纪录片《燃点》，我点开看了罗永浩那一期的片头，如果是以前的我，一定会认为这不过是对梦想的包装而已，现在我却对里面的话感同身受。”

甜品店店主地地

为了梦想开店两年半，我却活成了别人口中的“废人”

20多岁的时候，在一座面朝大海的城市，开一家属于自己的甜品店，每日与烘焙为伴，靠兴趣养活自己。

这样的生活让多少年轻人羡慕！毕业一年后，这是地地做梦都想实现的事。成长路上一直顺风顺水的她，觉得自己可以做到，毕竟从小到大，只要是她想做的事，几乎都能成功。于是她辞去了正处于职场上升期的工作，一头扎进了甜品店的创业中。

两年之后，她把店关了。无数个纠结、自责、迷茫、懊悔的日夜，磨掉了她的自信。两年的开店经历，也让她成了一个做决定畏首畏尾的人。这是一个“失败”的自由职业者的真实经历，也是给每一个梦想开店的年轻人的警醒。

在城市的角落开一家甜品店，你真的准备好了吗？

地地是我第一家公司的同事，说实话我们除了有对方的微信外，从来没有过任何互动。我对她的印象也仅仅停留在“甜品做得很好吃”这一点上。2018 年 11 月，因为某些机缘巧合，我们有了联系。我也因此知道了她当初离开公司后的 3 年里，都经历了些什么。

那天下午我们聊了很久，电话那头，地地从一开始的兴奋到动情啜泣再到恢复理智，毫无保留地将自己为了梦想辞职创业后的3年人生，掰开、揉碎了讲给我听，而我的情绪，也随着她的情绪而起伏着。

“我曾经是一个很自信的人，现在却变成一个自我否定的人。而这些话，从不敢在社交平台上剖开诉说。”采访结束后，这句话刻在了我的脑子里。

我曾经写过很多成功的自由职业者，有人问我：“失败的自由职业者难道不值得写吗？”当然值得，人们从失败中汲取的力量，往往比成功更多。我也一直在寻找一个值得记录的“失败案例”，终于，我等到了地地的故事。

| 决心做一件事一定不要留有退路 |

你从哪一刻起，发现了自己内心真正的兴趣所在？又在哪一刻，下定决心把兴趣变成工作？对地地来说，发现自己对甜品的热爱，是从做甜品这件事情改变了她急躁的性格开始的。

“我居然可以在烤箱前安静地坐 90 分钟，内心特别平静，一点都不焦虑。”这与在公关公司忙碌的日常形成鲜明对比。从做甜品给自己吃，到把甜品带到公司分享给同事们吃，甜品让地地这个原本在公司没太多存在感的新人，有了一个人尽皆知的标签——“甜品做得好吃”。

我最开始知道地地，是在公司举办的某次美食活动上，那时她把烤箱搬到公司现场烘焙，做出来的甜品好看又好吃，很快就被一抢而光。

“很多人知道我都是通过那场活动。”甜品让很多人认识了地地。“有

+ 地地的甜品作品

一次跟客户开会，我被客户叫住：‘地地，我每个月给你钱，你给我做 4 个蛋糕可以吗？’那是我第一次与客户私下对话。”

当一个人的兴趣不仅能给自身带来改变，还能给身边的人带去愉悦时，这种成就感很容易让她把兴趣坚持下去。而地地不仅是把兴趣坚持了下去，还很快就将兴趣变成工作。那时她刚刚参加工作一年，工作上表现不错，年后上级主动给她涨薪，她却在发展最好的时候，提出了离职。原因是她关注很久的一家位于山东的甜品店，发了一个招聘美食编辑的信息——那个职位正好是她的兴趣和职业的结合，她想去试试。

“当时决定做得非常仓促，看见招聘消息是半夜，当晚我就发了邮件。”

一开始自然有很多人劝她，但当她告诉他们这是为了梦想后，大家纷纷转而祝福。结果她去了那家公司后，发现实际工作内容和招聘信息里描述的千差万别，没多久就辞职了。

“那时我就想自己开店，但当时有亲戚让我去他开的公司里做运营，我就又去上了半年班。”半年后，地地发现自己“想开一家甜品店”的愿望依然很强烈。最开始，地地的妈妈强烈反对。因为她就是一个甜点师，她知道这一行多苦多累。地地花了 3 天时间求妈妈答应让自己开店，提出了“做不好还可以继续上班”的退路，终于让妈妈勉强答应。

此后，地地花了10万元报班系统学习甜品制作，回北京和朋友谈合伙，写商业计划书，找青岛本地的朋友做选址调研，网络调查青岛烘焙培训市场的现状等动作一气呵成。

“你真的很勇敢”“你居然有这个勇气”是那段时间里，她听到最多的话。

“我那时就在想，这很需要勇气吗？”从小到大都自己做决定的地地，人生一直很顺，没经历过什么挫折。由于还年轻，她觉得大不了再回去上班，至少有路可退。

“那时，身边的朋友大都在准备考公务员，过一成不变的人生。而我的人生却翻开了新的一页，多好啊。我当时很沉醉于这种追求梦想带来的愉悦感，和别人的欣赏带来的虚假满足感里。”但两年多后的今天，地地迷茫了。她花了两年多的时间想明白了一个道理：当你决定做一件事情时，一定不要有一个理由是“有退路”。

| 我做过的每一个决策都让路越走越窄 |

地地曾说，年轻的时候无知无畏，觉得梦想大过天。真正把那条自以为“很轻松”的路亲自走一遭后，才发现是“不知者无畏”。两年半开蛋糕店的经历，前两年在不停地调整方向中盲目狂奔，最难的时候靠着一口鸡血鼓励自己熬过去就好。最后半年却像被放了气的皮球，慢慢泄了气。

放弃开蛋糕店，回归“正轨”后，地地总结了她这两年半开店失败的原因：没规划、没经验、不自律。一开始没做好规划，中途才会把自己耗进去。

地地的没规划主要体现在财务上。决定把店铺开在青岛后，她在网上看到青岛的房租比北京便宜很多，就和合伙人一起兴高采烈地租了一个年租金 5 万多元的海景两居室。那时她们计划第一年先投资 10 万元，主要用于租金、设备和原材料上。

“当时的想法很简单，觉得每个月能赚2500元以上，把房租赚回来，就可以回本。所以刚开始也没有很好地计划一下要投入多少钱，每一笔钱用在哪里，都是走到哪儿花到哪儿，不够了再想办法。”

但真正开始开店以后，她们才发现如果要负担一家有 2 名员工，年租金 5 万元的工作室，除了房租，蛋糕的原材料、水电网络费、人工成本、损耗、折扣都是费用，算下来每个月的开销在 15000 元左右，远远超过之前计划的 2500 元。

地地租的第一间工作室改造前后

“我那时都不知道应该提前做好收支预算表。”后来地地在机缘巧合之下认识了青岛的一家网红书店，他们邀请地地做甜品师，知道她不会做预算表后，给了她一个模板，还专门找人教她。

“那时我才发现，我的天，居然有这么多表。怪不得按照之前的算法我们应该赚了很多钱，却一直没有钱。”财务上的缺乏规划对创业开店来说是最致命的，因为它直接影响开店者的收益。而第二致命的，可能就是店铺选址了。

开店以来，地地的门店选址换了很多次，最开始她把房子租在高档小区，却由于小区太封闭，物业不允许做任何商业广告，也不让客户随便进出，从而导致她的品牌和产品完全走不出去。第一批客户几乎都是靠拿着传单去幼儿园、小区门口做地推积攒起来的。

第二次她和合伙人在居民区租了一个门店，每天一个人在工作室做蛋糕，一个人在门店看店。由于只有一个人做蛋糕，又不能因此降低品控，常常是供不应求的状态。但即便如此，店铺依然难以做大。因为客户追求的是商品的琳琅满目，而她的工作模式既不是流水线，也没有效率。那时的地地每天从早上九点做到夜里十一二点，除了做蛋糕完全没有社交生活，就连微信上都只有客户的账号。而那时实体店和工作室的房租一年加起来有 15 万元，对比之下产值和房租成本完全不成正比，每个人的可支配时间都是乱的。

“那时候最大的困难是效率低，我没法把一个店的产品填得满满当当，导致流失了很多客户，一直做不起来。”

这种熬人但不出活的甜品零售模式，地地和搭档整整坚持了一年。一年之后，她们觉得该调整方向做烘焙培训了，于是又重新租下了一个 160 平方米的店铺做工作室。但与此同时，她们又面临着另一个让人纠结的现实问题：如果做培训就必须放弃做甜品零售，但做培训的客户和做零售的客户完全不是一类人，那意味着她们将在一段时间内断掉收入来源。

那段时间地地很矛盾，既想转型，又不能停下手中的工作，想法总是变来变去，就连身边的朋友也忍不住问她：你到底想做什么？这就是开店之初没有规划清晰的商业模式的结果。与此同时，她还不断调整零售产品的种类。

“不知道是不是我的要求太高，我总是不满足于一个产品做出来一直这么卖，老想试新品，包装贴纸都不停地更换。那个时候没有系统规划过产品，更多的是凭着自己的个人感觉去改变。”

后来地地才知道，一家甜品店在正常情况下，需要有获客产品、爆款产品、长期产品、特色产品和需要不断更换、迎合市场流行的产品。以前她不追任何网红产品，觉得开店要有骨气和节气，后来发现网红产品也可以做得又好吃又吻合市场。

以上种种，无论是财务规划、店铺选址、产品设计还是商业模式，地地一开始都没有规划好，才导致中途不断把自己耗进去。

“我现在可以心无旁骛地总结这些，但当时一边做事情，一边想其他的，根本无法全面思考。”地地的语气中带着一丝委屈。

其实在全国创业做甜品的人中，赚到钱的也不少。比如进入最早的一拨人，他们应该是这个行业做得最好的，积累了大量的人脉。地地的烘焙老师的学生中有几个体量做得特别大，年收入在100万元以上。

既没经验也没人脉的地地，只是凭着一腔热爱就进入了这个行业。而那些年赚百万的人，却是冲着赚钱这个目标进入的。他们赚钱就继续做，不赚钱就赶紧撤。而地地呢，即使不赚钱也一直硬撑着——这就是商人和追梦者的区别。商人往往在做一件事情前，会事先设计好商业模式，评估多久能回本才往里面砸钱。

比如地地的烘焙老师有一个学生，在小县城投资30万元开了一家甜品店，其中10万元用在装修和房租上，15万元用在自媒体和媒体的投放上。刚开业的那个月，几乎所有的媒体都在宣传他们。他们在县城的促销力度也特别大，3个月后他们就在本地开了3家加盟店，每家店加盟费10万元，30万元投资已经回本。同样是投资30万元开店，看到别人的“玩法”和自己完全不一样，地地不胜感慨。

“我后来和朋友聊这个人的经历，朋友说商业模式并不都是可复制的，你现在看到了他做出的结果是好的，但一定也有你看不到的方面和地域特殊性存在。这家店如果没有加盟商加入呢？不就回不了本了吗？路都是自己走的，只有亲自走过才知道行还是不行。”地地觉得朋友说得有道理，但同时也意识到自己经验上的欠缺仍然是一个致命的问题。

“我发现社会经验决定了你看一件事情的高度和人脉的多少，以前在公司我只需要去做一颗螺丝钉，被公司带着走就行。但是自己开店不一样，你能看多远店就可以走多远。”地地说。

| 被人说我是个废人后，我彻底清醒了 |

“创业的时候，没人帮你把控节奏。一开始你踌躇满志，热血澎湃，一下子把自己分成八瓣儿用，什么都要自己做，的确收获了很多经验。但后来，因为缺乏自制力，惰性占了上风。恶性循环一旦开始，就停不下来。”

刚开店时，地地每天干劲儿满满，可以为了工作放弃一切社交，每天做蛋糕到深夜。但是当一个个错误的决策让店铺始终不温不火难以做大时，地地开始变得懒散懈怠。心情不好了就不上微信不开店，早上迟迟不起床或者在家打一天游戏。情绪直接影响了她的工作状态，而不工作就意味着没收入，长此以往，恶性循环。

“之前的生活太单一了，每天只关注自己这一方小操作台。傍晚时工作结束了，我不像别人可以下班回家，而是永远一个人的状态。我没有明确的上下班时间，没有拓展交际面的渠道，与这个世界唯一的交流就是客户。但大部分客户都是家里有孩子的姐姐，我觉得自己很孤独。”不跟外界接触，没有同事也没有职场关系的地地，昼伏夜出，与社会彻底隔绝。

为了舒缓情绪，重新与社会建立关系，地地的朋友们鼓励她多发展兴趣爱好。但是当做甜品变成工作，就不再是兴趣了，于是地地发展了新的兴趣爱好——狼人杀。有一段时间，她每天睡到自然醒，下午做几个蛋糕，晚上出去喝酒玩狼人杀。看上去生活得自由自在，她却比以前更爱哭了。比如在跟朋友聚会说完“再见”后立刻升起车窗，因为已经无法控制眼泪和难过的情绪，哪怕刚刚结束一局热闹哄哄的“吃鸡”游戏。

直到有一天，一个新认识的朋友很认真地对她说：“你觉得每天睡到自然醒，做几个蛋糕，晚上出去‘浪’，喝酒、唱歌、‘狼人杀’，这就是你生活的意义吗？你不觉得这样是个废人吗？”

“毫不留情却直击心灵。”地地说，这句话像一记响亮的耳光，彻底打醒了她。在此之前，她身边上班的朋友们都羡慕她能每天睡到自然醒，可以自由支配时间。当她说起要不要关店重新回去上班时，朋友们都劝她“不要上班，上班的目的就是为了不上班”，从来不会抨击她，甚至大学同学也一直在鼓励她：“你是我们班最有想法和最能把想法做成事情的人，如果一件事情你都做不好，说明这件事情本身是有问题的。”

“但我可能是我们班混得最差的，我有负债。”地地说。

有一阵子，她“生病了”。她怀疑自己有躁郁症，但是也没钱去看心理医生。那段时间，身边的朋友们都察觉出了她的变化，他们到工作室陪她，离开时却总是不放心，怕她一个人做傻事。

“我非常清晰地感觉到自己从一个非常自信的人，变成一个没那么自信的人。做事情开始变得畏首畏尾。”这是最让地地耿耿于怀的改变。

| 店铺有开业仪式，却没有关门仪式 |

决定关店前的几个月，地地一直在苦苦挣扎。

“这家店是我在那么多人的注视下开起来的，就像我的孩子一样，是我的梦想，我不能因为它长得不好看就把它关掉。”她和合伙人进行了一次深谈，但还没开始就控制不住情绪哭了。

“真的只能关店了吗？我不甘心。”地地哭着说。那段时间，她拒绝跟家里人交流。一直以来，她都只报喜不报忧，家里人一直以为她在青岛过得很好。直到有一天，得知真相的父亲喝醉酒后给她发了一条长长的短信。

“我爸是一个喝醉酒才会给我发短信的人，他其实不太会用手机，那天他用手机给我写了很长的一段话。他说‘你回来吧，哪怕一分钱不挣我也养你’。他很生气我骗他在外面混得好，他避开我妈问我怎么回事，我就一五一十都跟他说了。他没有骂我，他说‘你回家吧，你那些设备卖不掉的就拉回来吧，你回来哪怕不挣钱我也养得起你，你要是想开店就回家接着开’。我以前只跟我妈说这些，我爸跟我说这些的时候，我觉得我最没脸面对的人就是他们。我们在外面再穷也没过过吃泡面的日子，就是因为一直有家里人的支持。我爸妈做得最夸张的一件事情就是在我们家楼下以很便宜的价格买了门面房，叫我回去签字，很小的一个商铺。他们当时的想法是你想开店我们给你开，你回来就行。”

说这些话的时候，地地的声音里开始带着哭腔，但仍然坚持着说完了这段话。虽然内心感到自责，她依然没有选择回家，因为她对梦想仍不死心。后来有一天，她经过了一个门店，发现那里正在出租，月租很便宜。她马上打电话给合伙人，兴奋地说：“有一个门店，租金比现在的便宜很多！”

“地地你怎么了？怎么又开始了？不是要结束了吗？”合伙人问。地地却越说越兴奋，合伙人感到无奈，只好说：“要不你再试 3 个月？”

于是地地回家算了一下，发现只有一个月卖 150 个蛋糕，也就是平均一天5个完整的生日蛋糕，才能挣回来门面费。地地特别吃惊，因为之前的产量从来没有达到过这个标准，她们一直没挣到钱，最多是持平。最后她发了一条朋友圈，问大家：如果有件事情，你明知道结果不好，还要做吗？

只有一个朋友回复“如果明知道不可行还一直在问，那就去做吧”。剩下所有人都说“不要继续了”。

“我跟合伙人又约了一次，我一开口眼泪就下来了，我说我说真的要放弃吗？我不甘心，我很能坚持。”

“可是我们现在没有条件继续了，没有另外30万元拿出来学习别人的玩法，家里也已经支持过一轮了，是我们没有做好。”合伙人说。

那次深聊后，地地深刻意识到：开蛋糕店已经不是两年前她有把握能做好的事情了。不仅仅是资金问题，还有人的问题——她做事情开始变得畏首畏尾。“那段时间，我的生活里其他烦恼都不是主要问题，只有这件事情，会在夜里反复跑出来叩问我。”关店后的很长一段时间里，地地都没有彻底公布关店这件事，以至于有客户还会在微信上找她订蛋糕。

“不知道怎么告别，店铺有开业仪式，却没有关门仪式。”地地说。

| 学习是一种逃避，逼自己在焦虑中放空 |

2018 年年底的地地已经不再做蛋糕，而是把更多精力放在了学雅思上。她在招聘网站上更新了简历，也去面过试，但内心深处还是不确定是否要去上班。已经离开职场两年多时间了，她怕自己不能很好地适应职场生活。“学英语其实是一种逃避。没有选择回到职场，而是单纯当一个学生，我很明白这是一个逃避。但犹豫之后我还是决定先回归学习状态，逼自己静下心来，每天都在焦虑中放空。”

学完英语后，她想去香港读研究生，毕业后再回来找工作。但又担心毕业后年近 30 岁的自己，在职场上不再受欢迎。不过，地地觉得自己也只能走一步看一步了，不排除学完英语直接去工作的可能，毕竟还有债要还。

我问她这段“失败”的自由职业经历给她带来了什么。

她给了我这样的回答：“我现在说不出来这段经历好不好，没法下定义，也不愿意说我浪费了 3 年。虽然我比同龄人在职场上缺失了 3 年，但也收获了很多。对我个人而言，我不盲目自信了，做事情前要考虑一下，看事情更全面了。我以前性格比较急躁，现在大家都觉得

地地和她制作的蛋糕

我挺温柔的，磨平了很多棱角。还有就是感受到了来自家人和朋友们支持的力量。我有爱我的家人和一路上支持我的朋友，他们可能是我最大的财富，为了他们我也不能一蹶不振、自我否定。我不会因为这次经历变得不爱烘焙，若干年后，也许我会重新做这件事。但是现在，我更适合在职场工作。我有惰性，但我还算有责任心，在别人的监督下，惰性就能克服，否则我会懒散。”

这就是地地——一个“失败”的自由职业者的全部故事。

其实我不太愿意称之为“失败”，就像地地自己说的，现在还很难下定义说这段经历究竟是好是坏。一件事情的好坏，只有拉长到一生的维度上去看时，才能得出答案。

就像柴静在《看见》的某篇文章里说的：“清水里呛呛，血水里泡泡，咸水里滚滚，十年之后咱们再来讨论。”

就让我们过十年、二十年甚至更远以后，再来看看这次经历，究竟给地地的人生带来了什么。也许，我们会有颠覆性的发现，谁知道呢？

猫咖店店主 Liza

没有永远赚钱的生意

在城市的角落拥有一家属于自己的小店，是很多人拥有过的梦想。无论这家店是书店、咖啡店，还是花店，都多少承载了年少时对未来生活的美好憧憬。

年轻时我们以为，开店等于自由的生活状态、可支配的个人时间和可观的经济收入，它甚至可以与一个人的兴趣爱好挂钩。但真正接触过开店的人群后，我才发现那些表面的“美好”背后暗藏着什么。

Liza 是我的大学同学，她是一个不受约束、个性鲜明的女孩。正因为如此，大学毕业后，她只上了不到一年的班，就离开了职场，走上了开店创业之路。从 2017 年到 2019 年，Liza 和男友在上海开的猫咪咖啡厅，经历了从爆红排队到门可罗雀的过程。赚钱多的时候焦虑，没钱赚的时候更焦虑——这是 Liza 和男友常有的状态。

随着上海猫咪咖啡厅之间的竞争越来越激烈，开猫咪咖啡厅的第二年，

Liza 店里的生意越来越差。现在，他们全靠对店里猫咪的爱和责任硬撑着。“没有可以永远赚钱的生意。”这是我从他们那里学到的最重要的一堂课。

| 开店就像过山车 |

对于 Liza 来说，两年开猫咪咖啡厅的经历，像过山车般忽上忽下，往往上一秒还在高空，下一秒就俯冲到了平地。2018 年年底，Liza 把开业不到一年的一家新店关了，原因是商场租金太贵，客人又少，开业以来一直在赔钱。为了及时止损，哪怕要支付商场提前退租的高额违约金，她也选择了咬牙关店。

那时，Liza 在上海已经开了 4 家猫咪咖啡厅，每一家都位于上海的中心地段，租金不菲。有这个底气是因为她的第一家店刚开业就成了网红猫咖店。那段时间，上海各大吃喝玩乐类自媒体，纷纷主动推荐他们的店。一时间，前去“吸猫”“打卡”的“网红”不断。

开业之初，还没有招到合适的店员时，店里的日常接待和餐饮准备基本都是 Liza 和男友亲力亲为。刚开业时我去凑过一次热闹，周末的人流源源不断，新的客人堵在门口，旧的客人还在店内等待糕点、茶饮的情况时有发生。

2017 年，上海还没有多少特色鲜明的猫咪咖啡厅。Liza 最开始做市场调研时，发现已有的几家猫咪咖啡厅，店内装修和经营都不太花心思，既没有建立起自己的品牌，也没有稳定的客源。生意不好了就卖几只猫，是当时大部分上海猫咪咖啡厅的经营状况。

“我当时去过一家猫咪咖啡厅，老板娘一个劲儿地向我推销她家的猫。她们有一个房间，打开门里面全是怀孕的母猫和刚出生的小猫。”当时老板娘就指着那一窝窝小猫告诉她这窝多少钱，那窝多少钱，和推销其他商品一样。

当时 Liza 就坚定了自己的想法，不要开这样的猫店。她想开一家真正的猫咪咖啡厅，靠店铺运营活下去，而不是靠卖猫。在决定开店前，Liza 已经在家里养了几只猫。她和男友都是爱猫之人，有一阵子，我眼看着她在朋友圈晒出的照片里，猫咪从一两只，到五六只，再到十几只——直到家里终于养不下了，他们开始考虑开一家猫咪咖啡厅。

第一家店的风格设计为森林风，Liza 用之前和男友一起开其他店攒下的积蓄，在商务楼租下了一套房间进行装修。为了打造鲜明的品牌特色，她在装修上下了很多功夫：手工雕刻的树桩椅、接近两米高的室内仿真樱花树、带有猫咪爪印设计的地面、手作云朵吊灯……这些风格鲜明的装修，成了吸引客人前来拍照发朋友圈、进行口碑传播的绝佳方式。

猫咪多的咖啡厅难免会有异味，容易给人留下不卫生的印象。为了消除这种不好的用户体验，她在店里安装了多处排风扇，并在门口安装了消毒设施，客人进店前必须消毒。她还为猫咪们设置了单独的猫厕所，教会它们使用。有一段时间，Liza 每天都在店里忙得连轴转。员工的招聘与培训、后厨与供应商的管理、菜单设计与店铺宣传、每日财务的统计、猫咪的照顾……在店里忙完一天，回到家还有一堆调皮捣蛋的小猫需要照顾，忙到凌晨两三点几乎是常态。

Liza 的辛苦付出终于获得了回报：一年内，他们靠前期积累的品牌知名度赚了钱，继续投资了第二家新店。新店依然延续第一家店的风格，仅室内装修就花了近 70 万元，但 Liza 认为她设计的这种风格可以保证几年内不用翻新，从长期收益来看，是笔划算投资。

第二家店延续了第一家店的火爆情况。很快，他们在上海又开了第三家店、第四家店。那时的他们没意识到“物极必反”，猫咪咖啡厅在上海的火爆，吸引了一批开店同行的注意，虽然 Liza 和男友在圈子里尽量保持低调，还是难免被竞争者效仿，引来了后面的激烈竞争。

没有永远赚钱的生意

从 2018 年下半年开始，Liza 和男友一直被各种焦虑的情绪笼罩着。即便店里生意好的时候，焦虑状态也会维持很久，生意不好了更着急。

生意稳定了要想还有什么赚钱的新项目可以做，不稳定了更要加速寻找新项目。因为没有永远赚钱的生意，所以要做好随时赔钱的准备。

总之，为自己工作与为别人工作的心态完全不同，虽然赚的比上班时多，但需要承担的风险和压力也更大。

“赚钱的速度太慢了，上海消费又太高。”Liza 说她的男友很焦虑，因为身边的朋友都很会赚钱，一年赚几百万元的人不在少数。他身边也有很多上海本地家里不缺钱的朋友，不用工作每天都在玩。有时忙得昏天黑地时，Liza 也会羡慕这样的生活：“啊，好想做一条可以躺着赚钱的咸鱼啊。”

其实他们开店以来的收入，和普通的上海上班族比起来已经很可观了。但是他们 2017 年在上海买了房子，每个月要还一万多元的贷款，加上开店的各种成本，每个月即使什么都不做，也有一大笔必须支付的固定花销，家底尚不丰厚的两个年轻人因此压力骤增。

“买房之前我没有任何经济压力，买房之后压力很大。以前逛街看到喜欢的东西就直接买了，现在还会犹豫一下。”Liza 直言。

“做实业还是太累了。”这是 Liza 开店以来的最大感受。

“很多人觉得开了店就可以财务自由，随时来一场说走就走的旅行了，你觉得是这样吗？”有一次我问她。

“不可能的，一旦开了店你就走不开了。人员的管理、店铺的财务，这些你每天都要盯着，开店以后我反而旅游得更少了，在外面总是不放心店里。”再说，她的店里还有那么多自己从小养到大的猫，一段时间不去看它们，她就不放心。

其实上海的很多猫咪咖啡厅都很难靠营业赚钱，高昂的店铺租金和养猫成本，仅靠点一杯饮品坐一下午的客人，是很难回本的。因此，很多的所谓“猫咪咖啡厅”其实是披着“咖啡厅”的外衣做“猫舍”，本质上做的还是“卖猫”的生意。而发自内心爱猫的 Liza 不愿意走“猫舍”的商业模式。店里的每一只猫她都能叫出名字，说出它们的性格，她对每一只猫都有感情。如果靠卖猫赚钱，她在情感上过不去。

✚ Liza 在自己的猫咖店里

随着越来越多的资本进入猫咖市场，大规模地在人流量密集的区域砸钱开店，以更低的单价吸引客人，Liza 的猫咪咖啡厅现在前所未有地冷清。为了节省成本，她辞了不少店里的员工，自己去看店。而她的男友正在积极寻找着新的项目，希望在下一波现象级网红店兴起时，再赌对一次。

从追求物质到“断舍离”

自猫咖店的生意变差以来，我发现 Liza 的性格和生活态度都发生了很大的转变。刚开店那会儿，我记得她有一阵子沉迷于购买奢侈品，每隔一段时间见她，会发现她又买了一个新的奢侈品包。某次聊天结束的晚上回家时，我们经过了一家奢侈品店铺，金光闪闪的橱窗里展示着每一个女孩都曾有过的物质欲望。“什么时候才能买这些牌子的东西一点都不心疼呢。”Liza 感慨。

可如今，她却成了一个主张“断舍离”的极简主义者。有一阵子，她热衷于丢东西，不再用的东西和衣服、鞋子和包包，该扔的扔，该送人的送人。现在她的家简直可以用“空无一物”来形容。“一个奢侈品包包也没留下。”她说。

这种转变很大程度上和开店养猫有关。“有一阵子，店里有一只猫妈妈生了小猫，我亲手为它接生，看见了一只猫当母亲的过程，母爱就被激起了。”照顾猫的过程中持续产生的满足感，和购买奢侈品后，短暂的新鲜感过去之后的空虚成了鲜明对比，Liza 开始说服自己做一个不那么物质的人。

“现在的店虽然不赚钱，甚至在亏钱，我也会继续开着。我更希望我的店不只是一个出售卖萌猫咪的地方，而是一个流浪动物的救助平台。大家可以把自己救助的小猫送来这里，喜欢猫的人也可以在这里领养。”

+ 猫咪母子

生活中，Liza一直有在路边捡被人遗弃的小猫的习惯，现在她的店里有好几只小猫都是她从路边捡来，救活后再慢慢养大的。对猫发自内心的喜欢，支撑着她把亏损的猫咪咖啡厅继续开下去。虽然现在赚更多钱的渴望依旧存在，但是Liza赚钱的目的不再是为了单纯地满足购物欲，而是为了让自己的家庭和店里的猫咪能够生活在一种相对舒适的安全感里。

2018年，Liza和男友在经过多年恋爱长跑后终于领证结婚，组成家庭后，他们的压力和责任更大了。上海的消费水平一直居高不下，作为一个背负着房贷和开店成本的店主，将来生育小孩的费用、双方父母的养老都是一笔不小的开销，这一切都让她时常感到焦虑。

“赚到了更多钱，应该会好起来吧？”有时，她会这样跟我说。“算了，做一条咸鱼也挺好的，我已经放弃挣扎了。”有时，她又会这样说。

每当这种时候，我都会想：在大城市开一家店，压力真的太大了。以后谁再跟我说想靠开店获取财务自由，我一定劝他三思而行。

这世上没有一劳永逸的赚钱之道。想要赚钱，就要时刻追逐时代快速变化的步伐，一次次下赌，再一次次改变。

Liza的开店经历，就是最好的证明。

我们是『数字游民』

文化间隔游创业者李胜博

一个无法被归类的人，没得选的自由人生

| 初识李胜博：一个有情怀的……创业者？ |

正式接触李胜博前，我先接触了他的同事李默蓝，在李默蓝的介绍下知道了李胜博正在做的事情——日本乡村间隔游。那时我对这个人的第一印象是：一个有情怀的……创业者？

虽然“情怀”这两个字加在创业者前面，听上去十分危险——似乎在暗示这个人随时都准备给你画一张大饼。但看完他做的间隔游项目后，这确实是我对他的第一印象：什么样的人会做一个一期团队只有 5~8 人，且长期不盈利的小众产品呢？

在开发完旅游资源的对接，并验证完商业变现逻辑后，有经商头脑的创业者大概都会马上投入产品的流水线，对其进行标准化生产。李胜博却一直在控制每一期间隔游的出行人数，甚至会主动筛选出行用户，坚持做“小而美”的间隔游。

当我把这个项目告诉身边任何一个做互联网产品的朋友时，他们都会感慨：是个好产品，可惜难盈利。这也是我最初对这个产品的看法，在互联网和创业公司里工作太久的人，评判任何一个产品好坏的标准，通常都是“是否存在盈利空间”。

“这个做产品不为了赚钱的人，脑子里在想些什么？难道真的拿情怀当饭吃？”这是我对李胜博这个人最初的好奇与“偏见”。

没想到，两个月后，我就在微信上收到了李胜博添加好友的申请。

“你好，我叫 BoBo，是个自由职业者。听朋友说您在做自由职业者的采访，挺感兴趣想了解一下，这里有我的介绍，以及我写的人物传记，也供您了解一下，看有没有机会合作。”

通过好友请求后，李胜博很快就发来了一段十分标准又不失礼貌的自我介绍，附带着他过去接受过的一些采访链接和个人文字作品。后来我才知道，几乎每天都要认识很多人的他，类似的自我介绍，重复发过无数次。

自然，我也以标准又不失礼貌的方式，回复了我的个人介绍和作品链接给他。

“我看过了，但是好像都是一些具体的项目。项目背后有什么愿景吗？你有没有想过社会上的自由职业者多了以后，会发生什么？”

“呵，又是一个空谈愿景，喜欢说教的假大空创业者？”这是那一刻我内心本能冒出的想法。

“我没想那么远，只是希望帮不满当下的年轻人做出一些改变。”我回答。

出于对这个人的好奇和参与游学项目的热情，那次交谈后，我们又约了一期电话采访。电话里，我听到了那套此后还会反复听到的“关于未来社会”的理论：让每个人成为每个人。

一开始，我觉得这个理念有点假大空，和每一个为了品牌宣传而空想出的slogan一样，除了品牌营销之外，再无其他价值。

但我对李胜博这个人的认知，却在此后的一次次深入交谈中，不断推倒重建。他身上一直有很多标签：休学搭车游中国、拍纪录片、出书、跟剧组拍电影、投资、上Ted做演讲、去国外工作、旅居日本、创立x++项目……

为了向父母解释不上班的自己究竟在做些什么，李胜博在28岁生日那天特地写了一篇文章，罗列自己上大学以来做过的所有事情。这些经历五花八门、丰富多彩。看完后我的脑袋一团乱麻，别说他的父母，就连我也理不清头绪。

“究竟怎么形容你比较好？”采访结束后，我问他。

“我的前女友曾经形容我是‘一个无法被归类的人’，我很喜欢这个描述。”他说。

那么，该怎么去介绍这个“无法被归类的人”呢？

我再次打开了他那份自传般冗长的简历，看到结尾处的那句“这更像《月亮与六便士》里那个中年男子的生活：没得选啊，我只能这样子”时才恍然大悟。

是啊，他就像《月亮与六便士》里抛弃稳定的工作与家庭，只身一人去巴黎从零开始学画的男主人公一样，“必须画画，就像溺水的人必须挣扎”，“满地都是六便士，他却抬头看见了月亮”。

他曾经非常接近名利场与财富自由，却在赚到人生中第一个100万元后选择逃离，去日本乡间旅居了3个月，寻找更严肃、更有价值的生存方式。回国后他创立了x++，开始执行日本游学项目，希望能通过一个个项目，去完成自己的人生作品，最终帮助每个人成为每个人。

听上去有些抽象？还是不明白不上班的李胜博到底在做什么？我重新梳理了一遍他的人生经历，也许看完后，你会和我一样，把这个“无法被归类的人”，进行一次“归类整理”。

| 休学一年，周游全国，为什么是一件不平常的事？ |

“什么是平常？什么又是不平常？”爱思考的李胜博，在做了一件外人眼中“不平常”的事情——休学一年、周游全国后，抛出了这个问题。

大学以前的李胜博和大多数学生一样，为了考上一所好大学而努力学习。然而高考的失利却让他与理想的大学失之交臂，出于对新环境的不满，他转到了大学最好的专业，却发现与自己理想中的环境仍有差距。绝望之下他找到学校的心理老师咨询，诉说自己不想上一些老师的课，但碍于“学生”的身份又必须上课的烦恼。

心理老师告诉他：“这说明你的矛盾还不够强，当矛盾激化到一定程度的时候，它自己会做出改变的。”

于是这颗矛盾的种子在李胜博心里埋了许久，终于在大三那年破土而出——那一年，他向学校和家长提出申请：“休学一年，周游全国。”

✚ 李胜博（右二）环游中与司机合影

✚ 搭车环游中的李胜博

之所以做这个决定，多少受他在网上认识的一些有趣之人的影响，他们做杂志、办沙龙、做NGO（非政府组织）、做网站……这些人的存在激励着李胜博也去做一些有趣、有意义的事情。

然而在人人都为毕业做准备的大三选择休学旅行，在大多数人看来并不是一件“正常”的事，李胜博的这个想法一开始遭到了学校老师和家长的极力反对，他的父亲第一次听到这个计划时呵斥他是不是疯了。

不死心的李胜博花了很长一段时间去一次次说服家长和学校老师，最后是他的一封洋洋洒洒、有理有据的休学申请书，让老师和家长同意了他的“休学旅行”这一“不正常”的决定。

于是，抱着“做一些有意思、有意义、别人没做过的事情”的目的出发，李胜博在搭车旅行的路上本能地积累了很多视频和写作素材。

有一段经历每当有人问起，他总会提到。

某次在青海荒无人烟的沙漠里，他搭上了一辆从青海去新疆拉油，再送去西藏的油罐车。那辆车的师傅第一次在路上载出门旅行的背包族，两人一路上聊了许多。两个月后，李胜博从拉萨出来要回北京，站在环境恶劣、人迹罕至的唐古拉山山口拦顺风车时，再次遇到了这位给拉萨送完汽油要回青海的师傅。

据那位师傅说，他原本前一天就要回去了，但由于送的油太多，加油站装不下，就延后了一天回家。当李胜博站在唐古拉山口的路边拦车时，他的车上还拉了一个人，当时师傅正在对那个人说："我两个月前也拉了一个大学生，他休学一年，周游全国……"话还没说完，就看见李胜博站在前方的路边挥手。

这样宿命般的巧合在路上发生了不止一次，它们在潜移默化中对李胜博产生了影响：让他在之后的工作和生活中遇到不可控的事情时，都选择相信命运的安排，让它自然发生、不再执着。

"旅行中经常会发生意想不到的困难，比如走着走着，突然肚子疼；在荒郊野外没有吃的东西；骑自行车旅行的时候，车突然被偷了；天黑了，还没找到地方，迷路了……这些都是我经历过的事情。"李胜博说，在路上遇到困难时，只能靠自己硬着头皮去解决。困难解决得多了，自己的经验和信心也就慢慢积累了起来，这培养了他以后面对困难时的积极心态。

一年的休学旅行结束后，他根据在路上积累的素材剪了一部纪录片，也出了一本书。休学一年去旅行对他来说是一个正向的标签，在以后与人交流的过程中都可以拿来用。这个标签也间接帮他找到了毕业后的第一份工作，为此后的财富积累和人生体验埋下了伏笔。

| 工作两年赚了 100 万元，他却选择停下来思考人生 |

李胜博承认高考失利对他的影响很大，却也间接促使他用另一种方式过完了自己的大学生活。无论是休学旅行、出书还是拍纪录片，都像因果链上的一串串珠子，串联起接下来可能会发生的事情。

2013 年，李胜博由于休学旅行在路上积累的素材，获得了在一家电影工作室的实习机会。又因为这次实习认识了电影圈的摄影师，并在他的推荐下去了一家国外的娱乐营销公司 WebTVAsia。在这家公司，李胜博参与制作了流量超 100 万的视频，做了《小苹果》这首歌的全球推广，也帮不少“网红”做了国外营销。

那段时间可能是李胜博整个人生中最接近商业巅峰的时刻了——他的老板是香港 TVB 前老板的助理，一个销售能力特别强的人。最开始，李胜博跟着他每天出去跑商务，一点点学习“如何跟人打交道，引起别人兴趣”的技能。

两年时间里，他从商务助理慢慢做到了商务负责人，渐渐有机会去马来西亚做业务拓展，也去不同国家建立部门、做业务培训。公司从几个人

✚ 李胜博工作过的导演工作室作品

发展到了百人规模，在亚洲建立了 9 家分公司。

“我很感谢这段经历，它让我看到了一个东西从 1 到 100 的过程，经历了世界上 99% 的人都没体验过的事。”李胜博说，也是这份工作让他积累到了人生中的第一个 100 万元。既然如此，为何还要离开？这和他当时所在的行业对娱乐的理解有关。

“我们会按照事物的意义给时间进行分类，一个人的时间通常可以分为 3 类：一类是必须花掉的时间，如吃饭睡觉；一类是进行严肃创作的时间，创作成果可以拿来换取生存物资，如工作、学习；最后一类时间就是娱乐时间。”

李胜博所在的公司要做的事情就是想尽办法去赚取大家的娱乐时间。“但一个人的娱乐时间如果被占用太多，严肃创作的时间就会缩短，在我看来这种状态是不对的。”

出于对“娱乐至上”和“一切向钱看”这种企业文化的不认可，李胜博想要逃离。这是一场物质需求和精神需求的博弈，虽然这一份工作让他积累了100万元，但他的生活却没有发生什么改变。“我对物质的需求不高，钱对我来说好像没什么用。”他说。

“我之前也接触过做金融的人，手上存款有3000万元，在北京买了房买了车。我问他接下来要做什么，不是财务自由了吗？他说还是觉得心里不安，可能要赚3个亿才能财务自由。”

我又问他：“钱对你来说是什么？”他说以前没钱去旅游的时候更爽一些，遇到困难想办法去解决的感觉很好。有了钱以后，发现所有事情都可以用钱解决，幸福感反而降低了。

在李胜博看来，钱是驱使陌生人给你提供解决方案的工具。但钱会贬值，并不可靠。这个世界上存在另一种工具，它也可以驱使他人给你提供解决方案，那就是自己身体里的某种能力。对他来说，自身能力带来的满足感可以抵消金钱方面的焦虑。想清楚了这点，世俗意义上的房子、车子和金钱焦虑对李胜博来说就都不存在了。

2016年，对赚钱并不感兴趣的李胜博，离开了WebTVAsia，决定停下来一段时间，慢慢寻找新的人生方向。

李胜博是我见过最不焦虑的创业者，创业两年的他，一直在消耗存款，几乎没什么收入。一次见面时，我终于忍不住问："你为什么从来都不焦虑呢？"

他几乎没有犹豫就回答了："因为我对正在做的事情有信心，我相信我对未来的想象一定会发生。"

那时的我还不能完全理解这句话，"关于未来的想象"？听上去有点虚无缥缈。后来，我参与了他组织的一期日本间隔游，和他有了进一步接触后，才开始慢慢理解了这层想象背后的含义。

| 住进 30 个陌生日本人的家后，他开启了小而美的日本游学项目 |

2016 年秋天，辞职后的某天，李胜博在看日本电影《小森林》时，对日本的乡下产生了向往。

"都市里的人大多生活空虚，但《小森林》里的日本乡下生活却很洋气，和想象中很不一样。"

李胜博决定去日本做一次调查，便以沙发客的形式去那边住了 3

个月，一边旅行一边结交当地的日本人，发现日本的乡下确实如电影般，风景优美别致，硬件设施和人文素养也很高。其中一个叫津和野的乡村，是他居住时间最长的一个地方。最开始，在一个沙发客软件上，一个叫Saki的姑娘邀请他去津和野体验日本的乡村生活。原本对这个陌生的乡村并不感兴趣的李胜博，却被Saki独特的人生经历吸引，决定前往一看。

Saki在联合国工作，一次偶然回国，她发现津和野当地的农民把野猪肉做得很好，有潜力做成一个产业振兴当地经济，便辞去联合国的工作回到乡下做野猪肉品牌。听上去不可思议，但现在，她的野猪肉品牌已经供应到东京最高档的餐厅，上了日本电视台的报道，在日本小有名气……

在津和野的两个多月里，李胜博在Saki的引荐下，认识了不少从大城

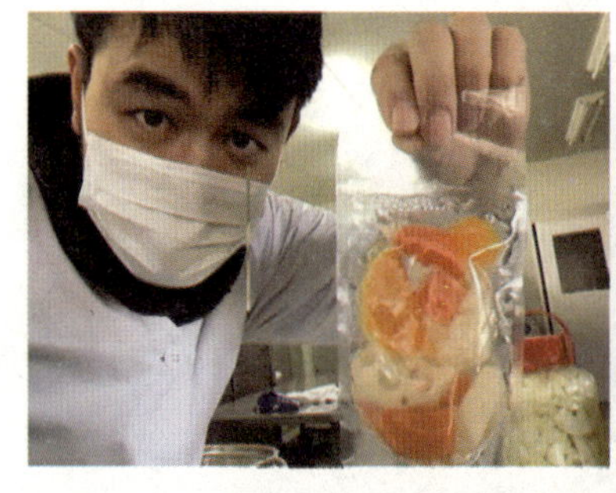

✚ 在日本乡下学习处理食材

✚ 和日本人共度新年

市搬去乡下生活的日本人。他们中有的人因为喜欢津和野人与人之间的“温度”，选择了离开东京，去振兴当地经济；有的人从美国伯克利加州大学毕业，却选择在当地的高中做创新教育；有的人放弃了京都繁华的都市生活，25 岁独自前往津和野，决定终身与陶艺为伴……

在日本旅居的 3 个月里，李胜博住在津和野一处废弃的旅馆中，对面是坟地，每当夜幕降临，黑暗中，恐惧将他层层包裹。但是当白天来临，当他一一探访那些生活在这座乡村里有意思的日本人时，他们饱满向上的生活状态，又再次让他感受到了生命的活力。

那些人不需要娱乐产品，也可以把日子过得丰富有趣。反观国内在大城市工作的人，私人时间不断被工作压榨，他们反而需要挤出时间去娱乐消遣。

“既然日本小地方的生活氛围这么积极向上，何不带一些人过来体验这里的生活呢？”

日本间隔游的想法开始在李胜博脑子里诞生。他在 Saki 的介绍下，认识了在当地做地方振兴的宫武，又在宫武的帮助下，认识了同样在附近县城生活的中国人 Kaku。李胜博和他们描述了想在津和野办间隔游的想法，得到了一些人的支持，同时也有质疑声。

“想让日本人相信你，这太难了。至少需要3年时间。”

“是吗？”李胜博半信半疑，那时的他，心中全是对未来的期待，他相信自己可以花更短的时间去完成它。

2017年3月，他注册了公司，利用自己在日本旅居3个月积累的当地资源和人脉，开始分批带人去日本乡下津和野体验游学项目。

前两次的招募都很困难，总会遇到这样、那样的问题。第三次招募李胜博翻遍朋友圈，精心筛选出7个人一同前往。结果那次游学的效果非常好，行程结束后每个人都感慨良多，这给了他继续做下去的信心。在做游学项目的过程中，李胜博也慢慢组建了自己的团队。现在他的团队共有3个人，一起举办了7期日本津和野游学项目，每一期的行程设置、当地资源的对接都靠团队成员的人工定制，正因为如此，每一次出行才能获得一致的好评。

2017年11月，我在李胜博的邀请下参与了一期津和野的间隔游，亲自去采访了那些听李胜博描述过很多次的日本人。在某次采访完Saki回去的路上，我和Kaku以及另外两个出行成员聊起李胜博做间隔游的始末来。

“当初宫武告诉BoBo（李胜博的昵称），他想做的这件事，至少需要花 3 年时间才能做成。但 BoBo 只花了 9 个月就做成了。”夜色中，我看不清在前排开车的 Kaku 脸上的表情，却可以从他的语气中，听出自豪感。

9 个月后，李胜博不仅让越来越多的津和野居民参与到了间隔游的项目中来，还先后带了 70 多个中国人去了那里。

“为什么要做如此小众的间隔游？为什么不商业化？”那次日本行后，我心中的这些疑惑渐渐消除。

津和野这座小镇，曾经因“山阴小京都”的盛名繁荣一时，近几年随着旅游业的萧条，越来越多的本地年轻人前往大城市工作，当地的经济也逐年负增长。11 月的津和野街头，除了我们一行人外，几乎见不到成群结队的当地人。在一些精致的店铺里，年过半百的店员整日整日地等候着不知何时会上门的客人。

这样一座看上去精致小巧，经济却摇摇欲坠的小镇，面对突然到来的外来者，新奇的同时，也是惶恐的。

“移居者们太想振兴当地了，但并不是所有本地人都支持重建当地经济。”Kaku 说，“就像任何一场改革的开始，总有守旧的反对者，也总有乐于尝鲜的支持者。”

✚ 间隔游参加者的合影

他认为李胜博在做的，是一个能给日本乡村带去改革变化的伟大事业。他用了一个让我感到惊讶的词来形容他——伟大。

在津和野的大街上，李胜博常常会遇见主动和他打招呼的日本人。在津和野，他几乎是一个无人不晓的中国人。

我渐渐开始理解他坚持做小规模间隔游的原因：想给津和野带去活力，又不想这个街区的气质被外来者破坏。所以他才会在每期间隔游开始前，严格地筛选参与者：“不包容的人不要”“太负能量的人不要”“对生活没有思考的人不要”……他像呵护自己一手养大的孩子般，小心翼翼地呵护着这个街区、这个项目。

只是游学的市场小众，城市里的大多数人还处在为买房买车存钱的阶段，游学市场可能还需要五六年才能发展起来。但出于对未来抱有的坚定信念，李胜博仍然在靠之前的存款坚持着。

| 关于未来的想象：让每个人成为每个人 |

“人只要活着就要靠努力生活去换取幸福状态。根本就没得选，有时想想也挺不爽的。”

“就像某种宿命吗？我们都是提前被设定好程序的人工智能，而你是很早就破解了自己人生程序的那一个？”

在津和野举办中日见面会的晚上，李胜博说出去聊聊吧，我们一边围着空无一人的津和野街道漫无目的地走着，一边聊到了这个有些“悲观”的话题。

“是的。但我有一个让自己感觉幸福的方法：设定一个关于未来的目标，不断朝着这个目标前进，意识到自己正在梦想成真，可以带来幸福。”

这就是认识李胜博以来，他一次又一次向我反复提起的“关于未来的想象”。

他相信未来社会里，“每个人都能成为每个人”，这也是他给自己设立的目标。所以现在他做的每一件事情，都是为了让“没想法的人多一些想法，有想法的人多一些勇气”。日本游学项目只是他的这个庞大计划中的一个样品。

就像《月亮与六便士》里那个为了画画抛弃一切的中年男子一样：“没得选啊，我只能这样子。”他说。

有时想想，人生之路每一步都举步维艰。有时辛劳半生解决了物质饥饿，前方还有更大的精神饥饿在等着你。

而存在的意义、人生的使命这些庞大又玄幻的命题，始终悬挂在每个人的头顶，时刻提醒着你去寻找答案。

于是人们从体制内到体制外，从上班到不上班，从国内到国外，从城市到乡村……步履不停地寻找着悬挂在自己头顶上问题的答案。

如果说我们每个人从出生的那一刻起，就是带着使命而来的。那么李胜博所意识到的属于自己的使命，大概就是帮助每个人成长成自己喜欢的样子吧。

而这件事情，注定要花一生的时间去完成。

旅行博主丸子

旅行一旦开始，就很难停下

很长一段时间里，毕业后一天班也没上过的丸子找不到一个合适的词来定义自己。于是她的身份总是在不同场景里切换：一个不那么勤快的旅游博主，一个热爱音乐的尤克里里玩家，一个会画画的平面设计师，或者一个把“技能”与“旅行”相结合的定制旅行师。

毕业后两年多的旅程中，丸子几乎有一半以上的时间在国外。为了赚自己的旅费，丸子几乎尝试过一切赚钱的方法：在街头卖唱、做代购、做订制旅游、教尤克里里。但每当别人问起“你究竟是做什么的？为什么全年都在旅游”时？丸子却总是找不到一个词来精准地描述她此刻所处的状态。

“一直以来，我都觉得自己是一个无业游民。什么都做，但什么都做得不精。”丸子说，直到“斜杠青年”这个词的出现解救了她。她仿佛抓住了一根救命稻草，以后再有人问起同样的问题，就可以光明正大地回答了：“我是一名斜杠青年。”而斜杠后面的身份分别是

旅游博主 / 尤克里里玩家 / 订制旅游师 / 自媒体人。

随着她旅居过的国家越来越多，现在，丸子又有了一个新的身份“数字游民”。数字游民是一群无须去办公室等固定工作地点打卡上班的人，只要有网络、有赚钱技能，他们可以在世界上的任何角落工作。

当人们不知道自己的梦想是什么时，他们会说“我的梦想是环游世界”。但是当“环游世界”变成一个人的工作，它还能被称为梦想吗？大学毕业那年，无法忍受上班的丸子带着两万块钱踏上了环游世界的旅途。

当旅行的新鲜感过去后，长期旅行的疲惫感接踵而来。开始旅行容易，难的是旅行者想要停下来。如何在路上养活自己？旅行的终点又在哪儿？自己的人生价值呢？每一个问题都在旅途中不断拷问着丸子。当旅行成为生活的常态，她开始羡慕安稳的生活，朝九晚五、柴米油盐的现世的美。

“不得不承认，旅行是从逃避开始的，从一开始迷茫得夜夜失眠，到走出迷雾，现在回头看，还是觉得旅行值得。”3 年后，已经走过 20 多个国家，足迹遍布亚洲、欧洲、东南亚和南美洲的丸子在一篇文章里这样写道。

| 毕业那年，她带着两万块钱踏上旅程 |

和丸子初识在北京的三月，一个渐渐褪去寒气，万物即将复苏的季节。

某个周末，我突发奇想翻出了买回家后就再也没弹过的尤克里里，在网上报了一个看上去还不错的体验课，打算从头开始好好学习这门乐器——这节体验课的老师正是丸子，一个刚刚毕业一年的“90后”姑娘，白皮肤、单眼皮、黑色短发，脸上还存留着学生时代的稚气。

那时候的丸子，刚刚结束了自己为期一年的毕业间隔年，回到北京折腾了一段时间的创业和找工作等事情后，更加确定了自己不想上班的想法，于是开始在琴行教尤克里里，攒下一次旅行的费用，同时开始筹备自己的第一期订制旅行游学团——“带着尤克里里去旅行之泰国清迈篇”，一个她此前生活过好几个月，也无比喜欢的地方。

在这之前的2016年，是丸子迷茫与收获并存的一年。6岁开始学画，前后共学了10年国画、油画，大学读艺术设计专业的丸子，大四以前的人生和每一个在中国读大学的普通青年一样，循规蹈矩、按部就班。

“我很喜欢画画这件事本身，不然也不会学了10年。当初上大学选择专业时，可以说我是从功利性的角度选了一个将来好就业的专业。但上了大学后我发现自己非常不喜欢学校的应试教育，它扼杀了我的想象力，让我对自己越来越没有信心，觉得自己不适合继续画下去。”

不打算以画画为职业的丸子，还曾去北京的某家设计工作室实习过一段时间，在还没正式毕业的情况下就拿到了这家公司开出的 7500 元一个月的正式邀请，同时手中还握有小米的入职邀请和优步中国的实习机会，这在 2016 年对一名还未毕业的大学生来说，待遇已属不错。

“我毕业那一年 UI 设计正火，工作可以说非常好找。”丸子说，“当时实习的那个工作室同事很好、老板很好、公司做的事情也很有创意，但我上班的每一天还是度日如年，非常痛苦。”丸子之所以没在那家公司留下去，纯粹是因为不喜欢“上班”这件事本身，仅此而已。

从那以后，她越发确定了“上班”这条大多数人走的路并不适合自己。那么一个刚刚毕业的大学生，不上班的话可以做什么呢？又该用哪种方式养活自己？心中没有方向的丸子，决定给自己一年的时间去外面的世界看看，体验不同地方人们的生活方式。一直以来这都是丸子喜欢且想做的事情。

丸子原本计划大学毕业后去国外留学，托福都考好了，结果那一年遇上了股灾，丸子的父亲将留给她留学的钱全部赔了进去。所以当丸子提出想花一年时间出国时，内心感到愧疚的父亲很快就同意了，甚至打算出这笔钱让她去旅游，却被独立意识很强的丸子果断拒绝。丸子认为这两年自己可以一直在外面旅游很关键的一点是“一定不能花家里的钱”，这是底线。

✚ 旅行中的丸子

于是攥着大学时通过兼职、奖学金等攒下来的两万块钱，丸子开始了她历时 8 个月游历 7 个国家的旅行。

“现在很多人喜欢赋予旅行各种各样的意义，但是在最开始的时候，旅行只是逃避生活的一种方式。”回忆起当初开始旅行的原因时，丸子不排除有逃避现实的成分在里面。这些年，她见过太多打着寻找真我的口号迷失在旅途中的人，她不想成为他们中的一个。

| 一边旅行一边赚钱，究竟有没有想象中美好？ |

一个人在外旅行总会遇到各种各样的困难，最直接也最现实的困难就是——下个月的旅费怎么办？丸子说自己开始旅行后，妈妈最常问的一句话是："你身上还有钱吗？"丸子的回答通常是"快用完了"。接下来妈妈就会说："那你还不回来。"

"你身上有多少钱时，才会开始一场旅行？"我问丸子。

"要看去什么地方。这两年我去发展中国家比较多，比如我带着 1000 块钱就可以去东南亚了，之前也带着 3000 块钱去泰国住了两个月，离开时身上却有 5000 块钱。"丸子说。

从独自旅行的第一天起，她就在想各种在路上赚钱的方式。2016 年还只做一些简单的代购和通过打工换宿的方式省钱，到 2017 年丸子意识到省钱只能穷游，并不是长久之计，况且那种在路上看着银行卡里的钱越来越少的滋味并不好受。

最拮据的时候是 2016 年在越南时，当时卡里的钱每天都在减少，甚至到了过了今天就要担心明天的地步，那是丸子目前为止最焦虑迷茫的一段时光，"每天都焦虑得睡不着觉，对自己很失望，觉得长这么大了还只会花钱不会赚钱，是个人生'loser'。"丸子回忆。

安全感是个现代人经常提起的词，它常常与物质条件挂钩，但一个人有多少钱才会有安全感？每个人心中的标准不尽相同。丸子说，她身边有那种在外面只有几百块钱了也不会焦虑的人。

“但我是很容易焦虑的那种人，只要钱少一点就很紧张，我的存款必须在增长才行，并且这个度会慢慢提高。比如，以前银行卡里超过 2000 块钱就不焦虑，够买机票回家了。后来觉得要有 5000 块钱才不焦虑，到现在觉得至少要有 1 万块钱才行，这个额度一直在慢慢往上提。”

经过了 2016 年大半年的穷游后，2017 年丸子开始正式想一些长久的、稳定的在路上赚钱的方式。她在 2018 年初曾写过一篇年度总结，文章里说“如果 2016 年关键词是迷茫的话，那么 2017 年应该是尝试”。

2017 年年初，结束旅行的丸子回到北京，开始规划下一年的新方向。对数字不敏感，也不太好意思在朋友圈做代购的她，自嘲不会理财，非常不适合做生意，经济上经常赤字。在某次闲聊时，丸子得到了朋友的启发——把你喜欢的和擅长的相结合就行了。于是她想到了“技能 + 旅行”相结合的订制旅游形式，比如将她擅长的尤克里里与旅行相结合，亲自带一支小规模的团一边教学尤克里里，一边在异国旅游。

有了这个想法后，她很快就付诸了行动。从活动策划、海报设计、线上推广、行程订制到实地考察，第一期泰国清迈的尤克里里游学团最后征集了 3 个成员一同出行，丸子也通过这期游学赚到了自由职业以来第一笔比较正式的入账，并且与同行的 3 个成员成了很好的朋友。

那段时间我在丸子的朋友圈看到的一张张美照：海边弹唱、别墅火锅、精美下午茶和租车环岛。后来我才知道背后也经历了种种曲折：不是租的房子水管坏了，就是临时换的房子空调有问题，或者火锅刚上桌就停电了，等等。

“做订制旅游的那段时间特别焦虑，绝对比我正常上班累很多。”丸子说，旅行出行前几天，晚上失眠是家常便饭，担心旅程遇到突发状况，比如下雨。由于她定的行程几乎全在室外，如果遇到东南亚的雨季就做不了任何事情，而在室内活动的话，开销又会比较大。

好在最后担心的事情没有发生，虽然也遇到了一些意外，但都在能解决的范畴之内。这以后，丸子又陆续组织了几场尤克里里游学，并同时摸索和尝试不同“技能”加“旅行”的订制项目，如后来举办的“泰拳 + 旅行”“潜水 + 旅行”。此外，她还有很多类似的想法创意，比如“咖啡 + 旅行”“瑜伽 + 旅行”，无奈一个人的精力有限，这些都还没有来得及筹备，因为她还有更多想尝试的事情、更多想去的地方。

在“丸子游学”成了她的一项比较稳定的特色项目后，丸子把更多时间花在了探索新事物上。后来的几个月，丸子依次尝试了在越南当“旅游体验师”，去奥地利、匈牙利、捷克旅行，在塞尔维亚自驾去波黑边界，回泰国开发普吉岛潜水线路、咨询开民宿相关事宜，带爸妈去巴厘岛旅行……这些听上去十分美好，但其实背后都有看不见的艰辛。“毕竟去年我在泰国的两波团没组上的话，可能下个月就没饭吃了。这种压力督促着我只能硬着头皮往前冲。”丸子说。

| 旅行的终点在哪儿？ |

无论一路上经历怎样的艰辛，丸子还是在 2017 年年末踏上了心心念念的美洲大陆，也实现了在圣诞节拿着吉他在街边卖唱的愿望。2018 年，丸子在墨西哥瓜纳华托旅居了半年。她在当地租了一间房子，一边学习西班牙语，一边做艺术品买手、写商业文案、做旅行自媒体。

她在墨西哥的生活是这样的：上午一般上西语课，周二和周四下午和一位墨西哥大叔交换语言，没课的时候就在家刷剧、写文章、弹琴，晚上和朋友们一起去看电影。在那座充满艺术细胞的小城，夜生活总是从晚上八点开始：剧院里常年都有音乐会和读书会，门口有小丑表演，电影 20 元一场，甚至免费……在路边吃顿饭都能交上朋友的丸子，在瓜纳华托已经结交了很多来自不同国家、不同年龄段的朋友，这使她在异国的生活并不孤单。

丸子常说，在墨西哥生活太舒服安逸了，在瓜纳华托快快乐乐地生活一个月，所有生活费加在一起只需要 3000 块钱就够了。也许是因为那段日子太过安逸舒适，以至于结束南美之旅，回家过春节时，面对来自现实世界的“质问”，她又出现了短暂的迷茫。

“接下来去哪儿？”是她每结束一次长途旅行后就要思考的问题。

“我今年25岁，还不知道自己在追求什么。大部分时候我还是信心满满的，觉得只要继续折腾下去，一定会找到适合自己又有意思的活法。但有的时候，也会伤心沮丧，对于眼下的现实想要举手投降，觉得不如安稳下来。”她在一篇文章里这样写着。可每一次在丸子即将举手投降之前，她的脑子里又会冒出很多疯狂的想法。

2019年春节后，“折腾不止”的丸子在网上发起了一个名叫“从土耳其睡到摩洛哥”的纪录片众筹计划，准备花3个月的时间完成这部以“沙发客”为主题的旅行纪录片。那段时间，我看着朋友圈里每日勤奋更新视频的丸子，感觉她似乎又找到了新的方向，旅行再次让她充满了活力。

我有时会想，世界上的国家再多，也总有走完的一天。对旅行的热爱再强烈，也总有走不动的一天。丸子这种在全世界旅居的生活方式，可以坚持多久呢？这种没有“五险一金”、没有车房、居无定所的生活方式，也许会让在大城市为工作奔忙的白领们偶尔羡慕一会儿，但如果你问他们“愿意用现在的生活去换丸子的生活吗”，恐怕大部分人都要疯狂摇头的吧？

在很多人眼里，丸子是一个过于理想主义的人，她在一些人眼中像一个毫无规划、不管不顾的傻子。然而丸子却说，旅行这些年最大的收获是心态的改变：去的地方越多，越发现生活远不止一种可能，也越发觉得世界的辽阔和自己的渺小，于是那些生活中的小烦恼都变得不值一提，心态也不自觉地好起来。

“不再因未来可能发生的事情而焦虑，这可能是旅行带给我的最大收获吧。活在当下，说起来简单做起来太难了。”我还记得第一次采访完丸子后，我被她的阳光和乐观深深震撼：身上只有1000块钱就能出国旅行？这种事情在我之前的观念中几乎是异想天开。但它真实地发生了，结果还不算太差。

“聊天结束的时刻，回忆起刚刚这场对话，仿佛重重地吸了一口来自南美洲的甜美空气。”当初的我在文章里这样写道。

但是一年以后，在我们都经历过一些变化后，我回头再看过去一年发生在丸子身上的变化，突然觉得她有点像电影《阿飞正传》里提到的那只没有脚的鸟：“这世上有一种鸟是没有脚的，它只能一直飞呀飞，飞累了就在风中睡觉。这种鸟一辈子只能下地一次，那一次就是它死亡的时候。”

有些旅行一旦开始，就很难再停下来。如果有一天丸子停下旅行的脚步，应该就是决定从此囿于昼夜、厨房与爱了吧。

自由记者喜喜

不可救药的乐观主义者

在接触喜喜前，我觉得她是一个很酷的人。就是那种半只胳膊纹满文身，一个人在国外街头也能一边喝酒一边与很多老外谈笑风生的那种酷。接触喜喜后，我觉得她其实是一个十分平易近人的人，性格里既有北京大妞的直率坦荡，也有让人感到舒服的"自来熟"。就像她的豆瓣主页上写的那段话一样："神经大条，不可救药的乐观主义者，对任何事情都保持好奇，身体里永远充满冒险因子。"

2013 年辞职成为自由记者后，喜喜用"沙发冲浪"的方式走过了 31 个国家，90 多次睡进陌生人家里，也用喜闻乐见的方式，写下了不少有趣、独特的旅行故事，还在路上嫁了个意大利老公，开启了在墨尔本旅居的新生活。

不同于主流社会对 30 多岁女性的期望，喜喜丁克且四处漂泊的生活方式，对大多数人来说也许是疯狂的，却是独特且具有反思价值的。除了结婚生子、相夫教子，35岁以上的独立女性，还可以有多少种活法？喜喜的经历是答案之一。

| 我30岁了还在更新热辣写真，不能40岁还干这些 |

在正式辞职之前，喜喜已在媒体行业工作了十年有余。从纸媒到网站编辑，用她自己的话来说："一直都在做着复制粘贴的工作。"在职场，喜喜并不是一个出色的员工。多数情况下她不喜欢被人约束的感觉。

2013年春节前，喜欢旅游的喜喜想在春节结束后请4天年假去约旦旅行，却被老板以"如果人人都像你这样请假，就没人干活了"为由拒绝。那时，早就对每日更新美女写真的工作感到疲乏的喜喜，开始了反思："我30多岁了，还在为了点击量和用户留存，每天更新热辣写真，总不能到40岁了还干这些吧？"于是她向老板提出了离职。可是辞职以后做什么呢？喜喜想到了做一名旅行自由撰稿人，因为平时工作之余，她偶尔会给一些杂志写稿，稿件多以旅游类为主。

想做一名旅行撰稿人，挡在面前的第一座大山是父母的传统观念。喜喜的母亲思想保守、脾气火爆，直接告诉母亲自己的辞职计划，喜喜可以想象到结果。思来想去之后，她以部门被裁，自己拿到了一笔遣散费，想休息一阵为由，开始了她为期 3 个月的悠长假期。

| 生活中的最大焦虑：怕编辑把我给忘了 |

“我是那种很容易焦虑的人。”3 个月的旅行结束后，喜喜看到身边的朋友都在老老实实地上班拿工资，她开始感到恐慌。焦虑之下，她打开微信和 QQ，挨个向认识的编辑推荐自己在约旦和澳洲的旅行故事。

起初，由于认识的编辑有限，给旅游杂志的投稿不是选题被毙掉，就是图片不符合要求。她只好退而求其次，给一些女性和数码杂志供稿，文章才有机会被放在杂志的最后几页上——一个可有可无的位置。但就是这样的稿件，喜喜每月也只能卖出一两篇，稿费则要到出版后的三四个月才能拿到。

“按照这个接稿量和上稿频率，一个自由撰稿人大概要在北京饿死好几次。”那段时间，晚上躺在床上思考是否要继续下去，成了她每日必做之事。转折来自一次在地铁站看到的某民宿网站的广告，她想起母亲在北京给自己买的房子，如果租出去做民宿，不仅可以带来一定的收入，还可以缓解焦虑。

很快，喜喜就把房子收拾整理了一番，挂在两个租房网站上，每月能

✚ 喜喜在南法

租出去 10~15 天，成功缓解了她那个阶段的经济焦虑。但这也是有代价的：为了不让家人知道这件事，她自己不得不在有房客入住的周末搬出去，四处找朋友借宿。

这种“居无定所”且收入不稳定的日子过了快半年，她的撰稿之路才慢慢走上正轨。在撰稿带来的收入渐渐稳定后，她才停止了房子的对外出租，在家安心写稿。

喜喜的稿件以旅游故事为主，不同于千篇一律的游记攻略，“沙发冲浪”这种住进本地人家里，充满冒险的旅行方式，总能让她写出个性鲜明又独特的故事。比如，在澳洲观看凶残的骑公牛比赛、在法国裸体海滩体验生而自由的快乐、在遥远的格鲁吉亚吃饺子……这些故事更新在各大旅游平台上后，很快就得到了网友的喜欢。孤独星球、穷游网、马蜂窝、中国国家旅游等成了她的日常供稿平台。

与此同时，在一个朋友的介绍下，她还认识了青年地下自媒体平台 vice 的一个编辑，两人一拍即合之后，喜喜也开始写一些社会话题类的采访稿，比如“捐精志愿者”“冰冻卵子”“殡仪馆送葬者”等。至此，喜喜的撰稿工作终于变得稳定。很长一段时间里，她每年夏天和冬天出国旅行，春秋在北京写稿，过着数字游民般的生活。

直到 2018 年，喜喜和在墨尔本工作的意大利老公领了结婚证，开始了在墨尔本旅居的新生活。于是，每周写两篇文章，工作一天休息一天，成了喜喜的生活日常。看上去，她终于过上了比上班时轻松得多的生活。

但这并不意味着懒散度日。为了严格自律，她每天早上七点就起床工作；为了写出独辟蹊径的故事，她每去一个地方旅游前，都要看不少那个国家的书籍和电影，了解当地的文化历史；为了更好地与本地人交流、获取一手信息，她学习英语和西班牙语至今；为了塑造好的口碑，她会在截稿日期前两三天交稿。某种程度来看，自由职业反而培养了喜喜的责任心，“因为是给自己做事，特别来劲儿。”她说，“我是一个享受自律的人，喜欢严格按照计划做事情。这么多年来，有这么多人都写稿，你要文笔吸引人、有个人特色，还要照片拍得好，真的一点都不比上班容易。”

但她仍然容易感到焦虑。“一般编辑不上稿的时候我就会焦虑，编辑一段时间不联系我，我就开始恐慌，怀疑是不是被冷落。”编辑不上稿意味着稿费的到账遥遥无期，与编辑失去联系意味着没有收入来源。虽说喜喜已在圈内积攒了一定的人脉与口碑，却还是会为这些感到焦虑。“我刚刚还在跟老公说：虽然今天很忙，但编辑跟我说排版的事情，我感觉特别好，觉得自己被需要了。”

在以喜喜的意大利老公的口吻叙述的文章《我一个意大利厨子，对跨国婚姻有话说》中，有一段描述喜喜焦虑的有趣段落：

+ 喜喜和意大利老公在旅游

“她（喜喜）在法国旅行期间，生怕编辑把她忘了或者被别的作者取而代之。我就用意大利人的理论劝导她：度假嘛，就要放松心情，忘掉工作。你看你们中国人总是忙着工作，钱是有了，但是没空花啊。喜喜仍旧有些忧心忡忡。于是我灵机一动，带她骑着已有40年历史的咯吱作响的自行车，去了地中海。用我在车库里翻出来的鱼叉下海抓章鱼、岩壁捞海胆，喜喜就把这次有趣的经历写成故事。结果编辑很开心，喜喜自然就不焦虑了。”

这种焦虑，是不是也有点可爱呢？

| 旅行让我更加仁慈宽容地看待这个世界 |

现在，旅行和写稿，构成了喜喜生活的全部。已经独自走过31个国家的她，一直以来都是以“沙发冲浪”——免费住进当地人家里的方式旅行。通过这种方式，她在旅行中节省了不少开销，也认识了不少有趣又友善的当地人。就连现在的老公，都是喜喜在沙发冲浪的过程中认识的。

但也有遇到危险的时候，某次在印度沙发客家里，男主人提出了看胸部的无礼要求，喜喜毫不犹豫地选择了离开。“但总的来说，只要拥有正常的安全意识，一个人在外旅游，其实没有大部分人想的那么危险。曾经有一篇文章说，人们其实对远道而来的陌生人更友善，因为觉得他们都挺不容易的。”喜喜说，中国孩子很多都是被吓大的，从小听过太多骗术和陷阱。其实一个人出去久了，反而会变得没什么心眼。

就像去印度之前，她对印度的印象是一个对女性来说不太安全的国家，下飞机前她做了最坏打算：如果真的那么乱，就买张机票再飞回去。但是到了印度后，她就彻底喜欢上了那里。“我没想到印度竟然这么好。”无序、混乱、自由、嬉皮……生性热爱自由的她，对印度一见如故。

“我在这边可以成为任何我想成为的人，只要不影响别人，没人在乎。”

“平时生活中很多荒诞不合理的事，在印度就很正常。比如传说印度有3亿多个神，我们觉得是迷信，印度人就相信。”

“恒河特别脏，大肠杆菌超标200倍，但在这里感受一下现场的氛围，就觉得生死在这里太寻常了，可以看透生死的感觉。”

“当然，印度最吸引我的是文化和历史，到了印度，第一次感受到异国文化的冲击力，我被震撼傻了。”

“还有很多奇葩得哭笑不得的事情，特别有趣，就是这种感觉。”

提起印度，喜喜控制不出地说了很多。她一共去过两次印度，待了110多天，回国后写了8篇稿子。

我问喜喜："旅行这件事情给你带来的最大改变是什么？"她回答："很多以前放不下的事，现在觉得根本不值得怀恨在心。"更加仁慈宽容地看待这个世界，接受人们之间的多样性，也不轻易评价别人。这是旅行给喜喜上的最重要的一课。

| 北京的房子没了，我会马上回去找工作 |

我采访喜喜时，她 36 岁，我在她身上看不到年龄感——她不打算生孩子，在她房间的墙上，挂着一张世界地图，"只要看到还有这么多地方没去过，豆瓣标记还有这么多书和电影没看，就很着急"。人生，对喜喜来说是一种一直在路上的状态，不管是走出去看世界，还是通过读书和电影进行"颅内旅行"。

"去一个地方旅行，经历了很多别人没经历过的事，回来后看书去寻找为什么会这样，就是这个找答案的过程，特别吸引我。"对于长时间被困于钢筋水泥之中的人来说，这种生活也许听上去美好自由，喜喜却并不推荐大家盲目地追求这种自由。"并不是说身边很多人做自由职业，你就也要去做。每个人的情况不一样，有些人面对生活压力就必须打工，那就好好地面对现实。"喜喜坦言，她之所以能够无拘无束地出去旅游，以自由记者的方式养活自己，是因为她有后路可退：作为出生在北京的独生子女，她在北京有房，不用发愁户口和房贷。

“我不会做违法的事，不会把家败光，虽然这么多年写稿攒的钱没有太多，但做的是我喜欢的事。”喜喜说，如果 40 多岁时自由记者这条路不好走了，她还可以回北京收房租、做点小生意过日子，不至于被迫重返职场。

20~30 岁在职场上是很重要的十年，大部分人比较理想的状态是在 30 岁时做到中层，然后稳定下来。如果浪费了这十年，之后再回职场找工作，竞争力会大大降低。

“我觉得 30 岁后还需要靠投简历找工作，就在职场混得太失败了。曾经有人问我：如果你妈决定不把房子给你了，怎么办？我说那我马上飞回北京找工作。我是那种特别快能应对现实的人。”喜喜最后略带调侃地说，却让人感觉到了现实的无奈。

这个世界上，有太多阻碍我们心无旁骛地去追逐自由的东西存在。在这些阻碍中，有些可以靠个人意志推开，有些却不能，就像每个人的宿命般，从出生的那一刻起就已被写好。也许，我们能做的，只是在命运给我们圈好的范围内，遵从自己的内心去设计人生轨迹，既尊重现实，也尽量活得体面。至于圈外世界的绮丽风景，又与你何干呢？

远程办公者生伟

不裸辞也可以看世界

“现在大部分年轻人都在抱怨上班，我觉得很可惜。工作应该是可以带来幸福感、实现自我价值的一种方式。”

下午 3 点多，在上海的某家联合办公空间，坐在我对面的生伟，聊起国内目前大部分人的工作模式来，总是会控制不住说很多。作为一家以“不裸辞，看世界”为口号的创业公司创始人，从毕业后的第一天起，他就在用实际行动践行“边旅行、边工作”的新生活方式。

在美国费城向老板提出“远程办公”后，生伟带着工作游历了大半个美国。回国后，在一家创业公司积累了一年经验的他，又马不停蹄地开启了为“远程工作者”和“自由职业者”提供一站式服务的创业项目。出生于 1989 年的生伟，把全部的热情、精力和金钱都投入到了这个项目中。经过一年的努力，2018 年，公司拿到了天使轮融资。

“中国的自由职业和远程工作目前还不是主流，但我相信这会是一种趋势。据国家统计局的相关数据表明，未来这类人群会发展到 1.67 亿人。”生伟对全球自由职业和远程工作的发展趋势一直抱有乐观态度，这种态度直接推动着他把“几乎一半美国人”都在用的“远程工作模式”推广到国内来。

| 不喜欢上下班挤地铁，我向老板提出远程工作 |

有些人创业似乎是天注定，大学就开始尝试各种创业项目的生伟，最开始从销售做起，在大学里挨个宿舍敲门推销各类产品。在美国宾夕法尼亚大学读硕士期间，他也报名参加了一些社会创新项目，并拿了大大小小不少奖项，获得过 2014 年克林顿基金会 Codeathon 的冠军，受到美国前总统的接见。

毕业后，他和几个沃顿商学院的同学一起发起了一个教育类创业项目，得到了沃顿商学院的支持，获得了一笔启动资金，开始回国创业。一年后，由于业务方向和团队调整，生伟退出了这个项目，在国外生活了四年的他，觉得自己可能已经与国内的创业环境脱轨。于是他去了一家瑞典人的创业公司，负责整个中国区的业务，一年多的时间里，他积攒下不少创业圈的人脉与资源。一年后，抱着“创业要趁早”的想法，他从这家公司离职，开始正式筹备自己的创业项目——角马原力，一家专为远程工作者和自由职业者服务的一站式平台。

在“远程工作”这一概念在国内还不盛行的今天，他为什么想要做这类小众业务？这起源于他在美国的一段实习经历，这段经历彻底改变了他。

硕士毕业前，生伟曾在美国一家创业公司实习过半年时间。在那家致力于发展美国国货的电商公司，以数据工程师身份加入的生伟，每天大部分的工作是扒取亚马逊平台上购买过美国国货的人群数据，将其可视化。由于工作性质的原因，平时在公司除了中午大家一起吃顿饭以外，大部分交流沟通都在网上完成。“有时即使是两个人面对面坐着，也还是通过电子邮件沟通。”时间久了，生伟萌生了申请在学校附近的咖啡厅远程工作的想法。

美国费城的地铁设施不如国内，大部分比较老旧脏乱。在这种环境下，每天花很长一段时间挤地铁上下班并不是特别好的体验。于是他向老板提出了远程办公，没想到很快就得到了批准。后来的结果也证明，在学校附近工作，不仅没有影响正常的工作，反而还提高了工作效率，于是老板也更加放心地允许他以这种方式工作下去。

“当我有了远程办公的自由后，我想到了边旅行边工作。毕竟美国那么大，我还有很多地方没去过。”生伟买了张从芝加哥去洛杉矶的“加州微风号”火车票。这是全美最负盛名的观景列车之一，全程 4000 千米，52 个小时，沿途风光旖旎，涵盖了美国从中部到西海岸最精华的风光。

他一路从美国东海岸边旅行边工作到西海岸，再从西海岸到迈阿密，开车自驾去了最南端的一个小岛基韦斯特。一路上遇到的有意思的人和事，是他迄今为止最难忘的一段人生经历之一。

“对大多数人来说，完全抛下工作去旅行不切实际。但是在有稳定收入的前提下，边远程工作边旅行，实在是一种很棒的生活方式。”生伟说。在美国，远程工作人群占整个劳动力的 15%，到 2017 年这个数字增长到了 48%。也就是说，在现在的美国，至少有一半人是远程工作者。而远程工作者，大多数会选择边工作边旅行的工作和生活方式，这造就了一部分“数字游民”：只要有电脑、网络和收入来源，一个

✚ 生伟在海岛办公

人可以自主选择在世界的任何地方工作。而在国内，这一概念尚未普及，远程工作者们也更加分散。

“我没有在大公司工作过，因为我知道我不喜欢。”生伟说，既然传统的工作体验无法给他想要的东西，他也无力去改变现有的游戏规则，那不如跳出已有的环境，重新建立自己的游戏规则。而他设立游戏规则的平台，就是角马原力这家公司。

| 边旅行边工作也有很多不完美 |

边旅行边工作，听上去是一件很酷的事情，但任何看上去美好的事情，都有其“不美好”的另一面。就像生伟自己说的，他并不鼓励所有人接受远程工作的生活方式，也不想给大家一味灌“鸡汤”，而是希望每个对远程工作感兴趣的人，能够辩证地看待这种生活方式。

旅行是一件舟车劳顿、耗费精力和体力的事。一开始，生伟也会在旅行之前花费大量时间去查资料、订车票住宿、制定行程，这些原本他并不想花费的时间。“边旅行边工作，一定要提前制订好详细计划。行程杂乱无章的话，会影响在路上工作的心情和效率。当然这些随着旅行经验的丰富，会变得越来越熟练。远程工作也是一种能力，可以后天习得。”时间久了，找到远程工作的节奏后，他能得心应手地安排自己每天工作与玩乐的时间。比如他曾经连续一周每天早上出去玩，下午三点多回宾馆工作，晚上八点再出去玩。

“每隔一段时间，我就会调整自己的工作时间。有时候觉得早上起来喝一杯咖啡后工作效率更高，就一直工作到下午两点再出门。”有时他也会一整天都不工作，早上六点就出门远足，晚上十点才回来。遇到这种情况，第二天就一整天都不出门，在宾馆工作。总之，大部分工作时间全靠自己自由安排，只要保证完成工作就好。

“远程工作能够给我带来幸福感，如果一个人一直处于兴奋状态，每天都很开心，工作起来自然高效。”但偶尔也有心情不好的时候，人在旅途中也并非能做到永远自律，此外也会遇到特殊状况。比如，某次生伟在印度一个比较偏僻的小镇旅行时，碰到一个急需处理的工作，而整座小镇大部分地方都没有网络，最后生伟跑了很多地方，才在当地的一个高档酒店的大堂连上了网络，险些耽误了工作。

还有旅行中孤独感的问题，大部分时间一个人旅行的生伟，偶尔也会在路上感到孤独。大量的独处时间里，也会有因无法自律而深感焦虑的时刻。“某个瞬间我会觉得自己把所有事情都弄得很混乱，但那也只是一瞬间的事。因为对远程工作者来说，情绪调节能力很重要，需要有很快从负面情绪中走出来的能力。”

需要明确的是：旅途中难免会遇到各种阻碍，不可能永远开心。

但相比在一家公司朝九晚五工作的压抑感，和无意义加班的绝望感，生伟更愿意接受远程工作带来的麻烦。“这些我都可以靠个人意志解决。但在大公司，个人力量不足以撼动传统模式和工作轨迹，那会让我感到深深的失望和无力。”

| 城市太喧嚣，远程工作让我慢下来 |

从 2017 年正式创办角马原力，到 2019 年公司慢慢扩张，已经过去了两年时间。两年时间里，生伟做了很多事情：做市场调研、飞去海外探索适合做自由职业平台的空间、搭建核心团队、组建远程工作者 / 自由职业者线上社群。

2017 年 10 月，生伟在泰国设立了公司的第一个为远程工作者服务的空间，那是他们目前第一个独立运营的线下试点，占地 2 万多平方米，靠近泰国国家森林公园，完全置身于大自然中，没有任何工业污染。生伟的合伙人以前在上海睡眠质量不好，在泰国的睡眠质量却能提高，每天早晨伴随着鸟鸣声起床，靠生物钟自然醒。

“我去年一年飞了十几次泰国，在上海的时候，每天忙于见客户和投资人，参加活动，很难让自己真正慢下来。”去了泰国的空间后，突然多出来一段完全放松的时光。在自己的农场种蔬菜和水果，吃绿色无污染的健康食物，生活清淡，节奏缓慢。

“每隔一段时间去住一两周是比较理想的状态。城市太喧嚣，偶尔去那边可以慢下来，在大自然的环境中也可以更好地做一些思考性工作。”

目前，在生伟的服务空间体验的以欧美人居多。未来，他们计划多找一些国内的自由职业者前去体验。“之所以选择东南亚作为第一个试点，是因为那边生活成本低，交通方便，自然环境和基础设施还不错，再加上泰国人对中国人态度友好，签证也比较好办。”

在上海，生伟一个月的租房成本是 7000 元，而在泰国一个月的生活成本一共才 5000 元，幸福指数和生活质量都得到了提高。

2018 年 7 月，他们打算走出东南亚，去看看欧洲有没有性价比高的远程办公地点，解决远程工作者们在当地的住宿、办公、娱乐和社交等需求——他们把首站定在了格鲁吉亚。

“去一个陌生的地方，和一群志同道合的人一起工作两周时间，通过切身体验判断远程工作是否适合自己，是我们做短期项目的初衷。”生伟说，人毕竟是社群动物，哪怕是远程工作也需要与人交流。而线下面对面的交流，是人与人之间最直接、深刻的交往方式。“在这个快节奏的时代，与一群人朝夕相处两周时间，是一件很奢侈的事情。毕竟在大城市工作的人，和朋友、父母一年也才见几次面。”生伟说。

焦虑一直存在，每天都有困难，但我享受当下

创业的第一年，生伟没有任何收入，公司的日常运营都靠自己的存款。不焦虑是不可能的，但相比物质上的焦虑，他更怕的是公司没有明确的前进方向，或者今天比昨天毫无长进。

“每天都有困难，每天都会遇到很多问题，创业就是一个不断解决问题的过程。”从最开始注册公司、找法务和财务等一些基础的行政工作，到后来的推进与合作伙伴的项目、开发产品等，每一个环节都会遇到问题，也需要耐心等待。

比如刚成立公司时，生伟每天要去银行很多次，一天只能做两件事：去银行开户、去社保中心交单。那时他总会焦虑自己因为这些杂事拖慢了创业进度。后来谈合作，本来计划一个月内解决的事情，对方整整拖了 5 个月，漫长的等待期，公司一直在烧钱，这时他也会焦虑。“这些都需要自己去不断调整，遇到问题不要觉得是世界末日，只要目标明确，总有方法能让你达到目标。”

现在，公司各方面都在往好的方向发展，这使得生伟对未来充满信心。“消费给我带来的满足感永远都很短暂，现在我赚的钱能满足基本的生活需求就行，我享受这种状态，因为精神上是满足的。”

“你创立这家公司的终极目标是什么呢？”在采访的最后，我问他。

“革新整个中国已有的企业组织架构和公司管理模式。比如为员工每年争取一段时间远程办公，获得出去旅行的机会。在我看来，一年5天年假是远远不够的。”

生伟的目标听上去很宏大，如果他能实现这个目标，那么未来世界的工作模式将是全球流动的，到那时，应该会有更多人爱上工作吧！

“数字游民”艾莉森

当流浪成为一种生活方式

“闹钟响起以前就醒了，这是来到马来西亚的第三周，渐渐习惯了岛上的生活。推开寄宿旅店的木板门，原来夜里下过雨，7 点不到，刷了牙，做一个简单的晨间笔记，我换上舒适的运动衣物，拿着瑜伽垫准备前往沙滩……

“和先生小侃几段昨晚的梦境，然后，他换上跑鞋，我铺好了瑜伽垫。

“我们喜欢以身体的活动来开启一天里的第一个小时……这些日子以来，除了更换居住地，几乎每天都是这样展开一天的……

“我们并不是要做环球旅行，我们不是去玩，不是去观光，不是花光积蓄，更不是为了拍一系列可以在朋友圈展示的照片，我们在路上，在生活，也在工作。我们是数字游民。”

这是艾莉森的豆瓣日记《快 3 年没上过班了，我是如何养活自己的？》

✚ 艾莉森在马来西亚的海岛

里的一段话。

当时我一直在密切关注“数字游民”这一群体的信息，也因此在豆瓣上认识了艾莉森——一个正在和老公一起践行“数字游民”生活方式的中国姑娘。

从 2018 年 8 月起，艾莉森和老公一起用半年的时间旅居了 7 个国家的 13 座城市。从马来西亚的兰卡威开始，到泰国的“数字游民”基地清迈，再到老挝、缅甸、印度……我采访艾莉森的那个下午，她正在匈牙利布达佩斯的多瑙河畔散步。这样的生活听上去似乎需要非常多的金钱才可以维持，其实不然。

在数字游民生活方式中有一个概念叫“地理套利”，即在获取同等收入的情况下，数字游民可以选择到物价水平更低的城市工作和生活，利用这种“工作地点不受限”的优势，拿同等的工资，享受更高的生活质量和更小的生活压力。这也是艾莉森能一直在路上的原因之一，相比上海的生活成本，在一些国外城市旅居的费用有时反而更低。

| 数字游民：边旅行边工作的生活方式 |

艾莉森第一次听到“数字游民”这个概念时，她还是上海外国语大学英语新闻专业的一名硕士生。那时，她有一个关系要好的法国朋友叫小 k。有一阵子，小 k 消失了三个月。那三个月里，艾莉森像平时一样无所事事地消磨着她的大学时光。直到回来后的小 k 告诉她，消失的三个月里，他做了些什么：在泰国曼谷学泰拳，在清迈的寺庙沉思冥想，在日本参观抹茶生产地……不再受限于地理位置的限制，“如果我想学泰拳，我明天就可以飞去泰国学。”小 k 说。

“原来生活的另一种可能叫数字游民。”第一次听说这种生活方式，震惊之余的艾莉森想。得益于地域不受限的优势，只要在无线网络覆盖的范围内，数字游民们想在哪儿办公，就在哪儿办公。因此，在物美价廉、风景优美的城市一边旅居一边工作，成了数字游民们最钟爱的工作方式之一。2018 年，艾莉森也成了数字游民的一员，她和老公一起去了泰国清迈——全世界最大的数字游民基地旅居，那里的“数字游民”以欧美国家的程序员居多。

“这些程序员的收入普遍都不错，他们给欧美客户搭建一个网站，最便宜的也要两三千欧元，这种收入在欧洲都算小康了。”而在清迈，1000欧元就可以过上优渥的生活。

在清迈生活一段时间后，艾莉森发现只要不在旅游景区，大街上、咖啡馆里，几乎处处都有数字游民的身影。“有时走在路上就能见到熟悉面孔，很有归属感。”艾莉森说，他们喜欢聚集在固定的咖啡馆工作，有自己的社交圈和活动组织。

“数字游民是怎样的一群人呢？”我问。

“大部分都单身、向往自由。因为不想卖时间工作，所以会更严格地掌控时间，按照自己的节奏做事。”艾莉森也向往自由。在正式成为一名数字游民前，她已经做了两年半的自由职业者。辞去上海新东方英语老师的工作后，她跟着德国老公一起搬去了德国。初到德国的那段日子，由于签证问题而不能工作的她，靠在网上教英语养活自己。

“辞职后很长一段时间，都在吃英语的老本。”她笑着调侃。当解决温饱不再是生活的主要矛盾后，她开始利用业余时间，在微信公众号和豆瓣上写一些自我提升类的文章，随着那些文章越来越受欢迎，一些新媒体平台开始找她约稿。而艾莉森真正下定决心成为数字游民的一员，是在一次从巴黎转机回国的飞机上。她在机场用 2 个小时完成了一篇约稿的初稿，再在飞机上用 11 个小时读完了一本书，并反复修改完了那篇约稿的最终版。

“也许，我可以尝试做数字游民。”她萌生了这个想法，开始在飞机上心急如焚地制订计划，飞机降落前，她不仅成为数字游民的一员，还成功说服对工作不满意的先生也加入了这个组织。然后才有了文章开头的那段描写：艾莉森和先生一起，在马来西亚的兰卡威，开始了“数字游民”的新生活。

| 怎样成为一名数字游民？ |

虽然数字游民这种生活方式听上去令人向往，但它并不适合所有人。它需要践行者至少有一技傍身（这项技能最好能通过网络获取收入），并且有稳定的收入来源。对于艾莉森来说，确保她在不同国家生存下去的技能是英语。从上海外国语大学硕士毕业后，她成了一名新东方的英语老师。一年多的工作为她积累了一定的教学经验和学生资源。

“我根据自己和外国朋友聊天时用到比较多的对话，原创了一套口语课程，并找了一些美国朋友校对。”那段时间，线上教英语成了艾莉森的主要收入来源，但这笔收入并不稳定，她很快就进入了瓶颈期，完全不知道该如何扩张。于是她开始看一些畅销的市场营销书籍，其中一本叫《巨人的工具》的名人采访实录，让她一发不可收拾地爱上了听那本书的作者的播客节目——《蒂姆·菲利斯秀》（Tim Ferriss Show）。这个节目试图通过采访各行各业的杰出名人，找出他们成功的共通性，为普通人提供可参考的进步方式。

通过大量阅读和收听播客，艾莉森原本陷入空虚和迷茫的人生，悄悄发生了改变。她开始学习自我提升，培养早睡早起的生活作息，养成大多数名人都在坚持的晨间习惯，而她最大的改变，却是从学习瑜伽开始的。

对自己最不满意的那段时间，艾莉森在某天翻出了很早以前买过的一块瑜伽垫，开始随意练习 HIIT（高强度间歇性训练）和普拉提。接着，她又在 YouTube 上遇见了一个改变她生活的频道：跟安德里一起练瑜伽（Yoga with Adriene）。跟着那位视频博主练习了 30 天瑜伽后，她的生活再也离不开瑜伽了。谁又能想到，在一个人对自己的人生百般怀疑时，让她重新学会热爱生活的，是一块瑜伽垫呢？

“学习瑜伽以前，我的生存技能只有英语，虽然一直在不停地写新的教材，但我仍然找不到热情，一直很迷茫。”学习瑜伽以后，她每天早上醒来，除了刷牙和烧水，做的第一件事情一定是练习瑜伽。

“Win the morning，Win the day。”赢得了早晨，你就赢得了一天。艾莉森的精神导师蒂姆·菲利斯如是说。“之前的生活很颓废，每天十点才起床。”自从有了早起做瑜伽的执念后，艾莉森开始尝试每天六点起床。“一开始六点根本起不来，我就慢慢往前调整，从九点半慢慢过渡到六点，后来就成了习惯。”通常做完瑜伽后时间还很早，艾莉森开始培养写晨间日记和意识流的习惯，把清晨最安静的那段时间完全留给自己。没过多久，

✚ 艾莉森在兰卡威的海边练习瑜伽

她的作息就调整了过来。

2018 年，由于在网上买不到一块让她满意的瑜伽垫，她在很多朋友的鼓励下，前前后后花了近 10 个月的时间，找工厂生产了一批自己理想中的瑜伽垫。没想到前 200 个瑜伽垫在两个月的时间内就被抢售一空，在得到购买者的一致肯定后，她决定自创一个生活方式类品牌，在网上售卖瑜伽垫、运动内衣等主打极简、环保的瑜伽周边产品。现在这家小小的网店，成了艾莉森的主业，也为她数字游民式的生活方式，带来了稳定的收入。这样一来，技能和稳定收入都有了，艾莉森终于可以更加从容地做一名在世界各地“流浪”的数字游民了。

| 财务自由与幸福人生，并非遥不可及 |

艾莉森之所以吸引我，是因为她的文字中透露出一种积极、健康、自爱、饱满的人生态度，这在我身处的环境中很少见。但是深聊之后我才知道，2018 年以前，她也曾像很多人一样，焦虑、痛苦、茫然、悲观。

艾莉森的先生出生于德国的一座小城市，他们在国内完婚后，决定搬去德国生活。和最爱的人在一个陌生国度开始新的生活。听上去很美好，却是艾莉森人生中最糟糕的一段时光的开始。

在那座德国小城，艾莉森能做的事情不多。由于签证原因，她无

法外出工作，白天老公出去上班时，她就一个人在家待着。“欧洲的社交很无聊，吃饭喝酒都不能让我得到满足。我在那里没有自己的社交圈，多出了很多独处时间。”

初到德国的那几个月，艾莉森提前进入了家庭主妇式的“退休生活”：每天睡到自然醒，没事在家做饭、看剧、学德语，偶尔出门旅游。这是多少在大城市拼命卖时间的年轻人，梦寐以求的退休生活啊。艾莉森却陷入了一种感到生活无意义的空虚之中。“闲在家里，甚至是去欧洲各地旅行都不能给我带来快乐。我感到无助、迷茫、焦虑，如果生活的要义不在于寻找快乐，那么我竟有些手足无措。”

后面的故事你们都知道了，艾莉森通过阅读、写作、早起、练习瑜伽这一系列多米诺骨牌般的连锁效应，重新找回来了对生活的热情。她发现自己曾经渴望的“环游世界”并不是无所事事，真正能给一个人的内心带去自由的是“创造自己热爱的事物”。她在网上写作、录视频、开发新的英语课程、做播客节目。不断自我探索与成长的同时，也把那些曾经滋养过她的知识和见闻，输出给更多人。而通过分享个人经历，她收获了很多来自外界的正面反馈，这又给了她极大的满足感去继续创作。

这一切，都是大学刚毕业时的艾莉森无法想象的。曾经，她是一个很悲观的人。“我本科从新闻系毕业时，希望可以通过新闻为世界做出一些改变。但真正进入媒体行业后，我看到都是一些负面的、夺人眼球的新闻。”愤慨和失望之下，她对新闻避而不谈。很长一段时间里，她也对自己的文字没有信心，“我的故事根本不值一提”，她总是这样想。

转变来自她老公给她看的一个视频。视频里，谷歌的某位工程师说 AI 是全人类的小孩，它们通过网络学习新知识，但是如果网上全是负面的新闻和信息，AI 就会接收这些思想——这是未来社会中，人工智能威胁人类生存的方式之一。“看完那个视频后，我就觉得要在网上多传递一些正面的价值观。我们要相信那些坏消息只是现实生活中很小的一部分。”

现在，艾莉森在一边旅行、一边工作的同时，还在互联网上持续输出自我提升、英语学习、瑜伽冥想、极简主义等主题的内容。她在去年发表的一篇文章中说，28 岁的她，已经实现了财务自由。她借用李笑来的话给财务自由下了一个新的定义：所谓财务自由，指的是某个人再也不用为了满足生活必需而出售自己的时间了。

“生活中，我的时间和地域是自由的。金钱方面，我能在不委屈自己的情况下养活自己，甚至家庭。对我来说，这就是自由的。”

作为一个所有行李加起来只有两个背包的极简主义者，艾莉森需要的远比她得到的少。“我是后知后觉才发现，那套房，那辆车，真的不是幸福人生的必需品。我也不知道，广告商和社会凭什么就那么笃定地认为他们知道我想要的是什么？”

27 岁那年，艾莉森在提前到来的“退休生活”中发现，环游世界和提前退休并不是财富自由的终极目的，也绝不是幸福人生的标准模式。

28 岁那年，她在自我提升与持续创造中找回了生而为人的快乐与自由，也从此明白：在永无止境的创造中寻找价值，才是属于自己的幸福人生。

为什么有些人在这个焦虑的社会从不焦虑？我希望从那些不焦虑的人身上找到答案。一个客观事实是：外部环境会在潜移默化中，影响一个人的生活状态和人生目标。当我们身处集体焦虑的大环境中时，很难不被这种氛围影响。艾莉森是一个不会因“到了什么年纪，就该做什么事”而焦虑的人。即使是初到德国无法工作的那段时间，她也没有因物质而焦虑过。

“不管穷途末路到哪一步都不会饿死自己，总是有方法的。”她总是会这样说，然后去想办法。唯一的焦虑时刻，是她回国后与朋友们在一起时。“我在国内的那些朋友，收入都比我多，却比我更焦虑。跟他们在一起时，我发现自己焦虑未来的时间也变多了。但当我离开那个环境，和数字游民们在一起时，这一群人相互给对方的信心和鼓励，又让我觉得自己在做的事情可以得到认可，会变得更自信和平静一些。”

艾莉森很喜欢数字游民的生活状态，未来几年还会一直持续下去。唯一的遗憾是，这种生活方式难以建立长期稳定的社交圈——刚和一座城市的朋友熟悉起来，又要分道扬镳，这成了生活的常态。

“未来有了孩子怎么办？”最后，我问了一个很现实的问题。

“我没有放弃做妈妈的机会。”今年29岁的艾莉森说，她会在五年内生孩子。为了将来的生活计划，她和老公一直在德国交社保，并不是完全不考虑未来。艾莉森和老公数字游民生活的终点，也许是德国，也许是另一座他们在路上爱上的城市，谁也说不准。生活从来都充满未知，艾莉森相信无论将来发生什么，她都有方法应对，就像她曾经从低谷中走出来一样。重要的是，在这一刻，她所热爱的生活，正将她包裹。

多重技能的『斜杠青年』，
生存还是生活？

自由潜水师 Oce

在深海，找回生而为人的自由

Oce 是我在生活中见过的最快乐的人。但我第一次见她时，她给我的感觉却是焦虑的，是那种自由职业者身上特有的焦虑。那是在朋友组织的一个陌生人聚会上，当 Oce 描述自己不背氧气瓶，一点一点潜入深海的那个画面时，我记得很清楚，在场的所有人都被她所描绘的那个场景吸引住了。

"每一次下潜都有潜在的生命危险，每一次重回水面都是一次重生。"

我记得，她好像说过这样的话。那时我就在心里告诉自己："我一定要采访这个女生，她一定是一个有故事的人。"

两个月后，我又见到了 Oce，这一次，她给我的感觉完全不一样。当我跟她交谈时，我发现她身上焦虑的因子不在了。相反，她的每一个细胞似乎都充满着快乐。生活中，我见过太多不快乐的人，不论他们成功与否，都被焦虑、欲望、攀比和他人的看法所折磨。很少有人能够说出"我对自己现在的状态超满意”这样的话，Oce 却可以。做自由职业两年的 Oce，做过文身师，当过瑜伽老师，现在是一名自由潜水教练。她是一类斜杠青年的典范：兴趣爱好广泛，并且能成功把这些爱好都转变成可以带来收入的职业。

我很好奇她是如何做到把每一项爱好都发展成职业的，也好奇在这个浮躁又焦虑的社会，她如何保持自我、做一个快乐的普通人。这种好奇心推动着我去进一步了解 Oce。采访完 Oce 后，我觉得我似乎找到了答案。

当兴趣变成工作后，会发生什么？

在一份工作里，应该最看重什么？工资？职级？还是兴趣？对于 Oce 来说，选择工作的第一前提，永远都是“自己是否感兴趣”。人生短暂，要把时间花在自己真正感兴趣，能给自己带来快乐的事情上。正因为如此，Oce 从来都是一个没有规划的人。从大学的法语专业毕业后，她的三份工作都是裸辞的。最后一份工作是在欧莱雅做市场专员。有一阵子，重复的工作、无意义的沟通，让 Oce 心生倦意。看着公司里那些四五十岁的市场人，过着高压且痛苦的生活，Oce 告诉自己，不要等年纪大了，也过那样的生活。

她不想继续上班了，又不知道不上班能干什么。

+ Oce 以自己的形象画的“胖子”系列

“有段时间很抑郁，还去见过心理医生，就想着怎么治疗自己，让自己开心起来。”Oce 回忆了从小到大喜欢做的事情，想起小时候的自己很喜欢画画，后来由于不喜欢应试教育式的绘画方式，才暂时搁置了这个爱好。“我是不是可以用小时候的爱好做发泄的方式？”于是 Oce 又想画画了。她在手机上下载了一个 app 开始乱涂鸦，用来记录自己日常生活中的所思所想，到现在已经画了 600 多幅。

画画时，Oce 时常能进入两耳不闻窗外事的“心流”状态。“我只感觉我的手在动，去画它想画的东西，那种感觉很神奇。”每次画完以后，Oce 会把作品发到朋友圈，得到了朋友们很好的回应。直到有一天，她发现画画不仅帮她宣泄了工作压力，还让她多了很多神奇的灵感。

“我能不能不再只是在手机屏幕上画？”很快，她就找到了新的绘画媒介——人的皮肤。女刺青师，听上去好酷啊——最开始，她被这个职业的噱头所吸引。在此之前，她跟上司提过离职。上司和她平时像朋友般相处，建议她休息一段时间，但不要辞掉工作。

“我原本以为每天下班学一两个小时刺青就好了，问过之后才发现需要学整整一个月，而且是脱产学。”于是她请了一个月的假，在上海找到了一家教刺青的工作室，师从中国第一代刺青师邵钢老师，开始了一个月高强度的集中训练。整整一个月的时间，Oce被关在小黑屋里，从早到晚地画稿、扎皮、练习，每天持续这样的工作12个小时以上。

+ Oce的刺青作品

“当时不觉得苦，因为很喜欢，现在回想起来，学刺青还是投入了很大精力的。”学习结束后的Oce，在豆瓣和朋友圈发帖，征集了一些免费模特做刺青练习，直到3个月后才开始收费。那时的她，已经辞掉了工作，全职做刺青师。但是当刺青从爱好变成正式的工作后，她又发现自己并没有那么热爱刺青了。剥开刺青酷炫、精美的那层纸，剩下的是不断画稿、改稿，一次次权衡妥协自己的风格，这个过程让 Oce 感到痛苦。

很长一段时间里，她强迫自己看刺青相关的专业书籍、学习更先进的刺青技术、采访那些有文身故事的人，试图找回自己对刺青的热爱——却发现自己仍然很难把刺青当成终身事业去做。“我扪心自问到底喜不喜欢刺青，发现好像并不喜欢，所以我后来又去探索了其他职业的可能性。”

兴趣能否变成工作？很多人都想知道答案。有时候，我们会被一些事物酷炫的外表所吸引，误以为那就是自己的兴趣。但只有真正经历过把兴趣变成工作的人才知道，体会了兴趣带来的甜头，也经历过兴趣里最枯燥困难的那一部分之后，依然能发自内心地去喜欢一件事，才能称之为真正的兴趣吧。

| 专注如何让我的生活充满快乐？ |

如何让自己的生活每天都充满快乐？很长一段时间，我都在思考这个问题。认识 Oce 后，我的心中有了模糊的答案。我们的日常生活被无数无聊的琐碎片刻填满，各类新媒体爆文、社交软件、手机游戏、短视频想尽一切办法抢夺我们的碎片时间。好不容易有了一整段完整时间，大多数人却把它们献给了并不喜欢的工作。很少有人能沉浸在一件自己喜欢的事情中，完全忘记时空、他人与自我——心理学把这种现象称为“心流”。当一个人进入心流状态时，会产生高度的兴奋和充实感。

Oce 的很多爱好，无论是画画、刺青还是自由潜，都需要高度集中注意力。比如刺青，是一个对失误零容忍的职业。人的皮肤非常宝贵，每一次下针都要全神贯注地工作 2~5 个小时，不能想心事或开小差。再比如自由潜，有一个吸引人的状态叫“自由落体”，当潜水者潜入到某个深度时，浮力会比自身的重力小，那个时候潜水者不用踢蹼，就可以在海里面飞。

“深海里什么声音都没有，也没有光，那种感觉好美，会吸引我一次又一次下潜。”但人在海里憋气的时间毕竟有限，到了极限时，对生的渴望会让人想重新回到水面。上水的过程潜水员会感受到身体的不适，比如横膈膜抽动。这个时候就十分考验一个人的专注力了。“你

✚ 在城市里时 Oce 会在一些潜水中心练习自由潜

不能在大强度、高压缺氧的情况下失控。一旦你胡思乱想，想一些‘我没有氧气了’‘我可能会挂’这样的问题，你的氧气就耗得越快。”

Oce 说，人的氧气 20% 都是被大脑消耗的，所以自由潜水员出水时，要保持一种十分冷静的状态。正是因为 Oce 的这些爱好，在无形中锻炼了她的专注力，她才能在生活中，常常进入心流状态。

“心流是一种怎样的体验？”我问。

“我不再知道周围发生了什么，也不会去考虑其他人对我做的事情的想法，而是完全专注在做的事情里，时间过得很快。你会发现一个更自在的你，以你本来该有的样子在做一件事，所以整个过程会更自我，也更开心。”

现在的 Oce，每天早起、坚持运动、定期冥想，每一天都充满乐趣和能量。星期一晚上要去潜水训练，星期二跳舞，星期三晚上瑜伽，星期四做自由潜水俱乐部的营销……档期排得很满，根本闲不下来。但这并不表示 Oce 天生就是一个自律的人。刚开始做自由职业时，她的生活也混乱过一阵子。

“我是一个对自己约束力比较弱的人。可能今天列了一个待做事项清单，做到一半就去跟朋友约会看电影了，这样还过了蛮长一段时间。”她的转变来自一次和瑜伽老师的对话。

“老师你知道吗，我有一个遗愿清单，里面有好多计划，去印度见自由潜大神，去跟海豚游泳，还有当一个好妈妈……”没等 Oce 说完，老师突然说：“Oce 你知道吗，如果你这么多遗愿清单里，最想做的一件事情是成为一个好妈妈，你是有 deadline（最终期限）的。女孩子的最佳生育时间是 30 岁前后，一生孩子你的时间就会被大量占用。”

那节课后，瑜伽老师建议她去排一个时间表，看看自己 30 岁之前还能做多少事情。Oce 回家就照做了。

“很惊恐，”她说，“哪怕每个星期完成一个遗愿清单，进度都赶不上。”突然之间她就想通了，“我要更自律一点。”那以后，Oce 强迫自己每天早起，生活发生了质的改变。“以前总觉得我怎么又要工作啊，早上根本起不来。但长时间体验规律生活后，我发现一天多了很多时间，可以做好多事情，每天都有成就感，这种感觉很棒。”

| 难做的事情，每做完一件就少了一件 |

创业初始阶段的 Oce 是不知者无畏的。她一开始以为“万事开头难”，没想到的是中间也很难。不再做刺青师后，Oce 决定在上海开一家自由潜水俱乐部。还在上班时，她就利用业余时间学习了四五年

✚ 周末 Oce（中间）在上海的自由潜水中心给学员上课

的自由潜，几乎把所有假期和钱都花在了上面。自由潜是一个非常小众的极限运动，它要求学习的人会游泳、水性好。有两三个月的时间，Oce 几乎招不到学员，生活中没有任何收入来源。

“你一个女孩子，一个人创这样一个俱乐部，而且还有一定危险性，你确定你要做这件事吗？”渐渐地，一开始支持她的家人朋友们，也对她产生了质疑。有一段时间 Oce 很焦虑，她到处跟认识的、不认识的人说：“你知道吗，我现在做了一个自由潜俱乐部，我教的潜水是不背氧气瓶，靠憋气下水的，很好玩很美妙，你可以过来参加。”

那阵子，她一个人事无巨细地做品牌、设计课程、谈场地、做销售……现在翻开她当时写的日记，上面记录的全是和自由潜水俱乐部相关的事情：

“今天我买了一个新浮球。”

“今天我谈了一个新场地。”

“今天我为自己买了一件新湿衣。”

“今天我又优化了一遍教材。”

……

3 个月后，她终于找到了自己的第一个学员。那是她在练习瑜伽时认识的一个朋友，由于自由潜憋气时近似冥想的状态和瑜伽很相似，那个学员愿意试试自由潜。

“我很感谢她，这么信任我。”Oce 说，后来她又通过朋友的介绍，慢慢招收了第二个学员、第三个学员……到现在，她的自由潜水俱乐部已经度过了零咨询、零客单的起步阶段，有了稳定的学员和收入。

“我发现那些所谓难的事情，每做完一件就少了一件。以至于现在我回头看起步阶段，会觉得很好玩。而且好多事都是以前不敢想象自己可以完成的。”

| 找不到人生的意义，活在当下就好 |

创业开潜水俱乐部的那段时间，Oce 很容易焦虑，她最喜欢做的事情，就是找一个咖啡馆，点一杯饮品，看着街上来来往往的人群思考人生。“我人生的意义在哪里呢？”

Oce 尝试参考其他人的人生哲理，她去看那些所谓成功人士的分享，却发现大多数人都对这个问题没有解答，就算有解答，那个答案也是别人的，不是自己的。她去参加了一个为期 10 天的禅修活动，练习通过观察自己的呼吸，提高自己的专注力。参加完那次活动后，她发现自己的思维方式发生了很大的改变——原来人们脑子里的很多想法和声音，都没有存在的必要。参加完那次活动后，她去见了一个朋友。

“你现在的状态和以前很不一样。以前的你有一点激进，你跟我讲自由潜水的时候两眼放光，这次却收敛了很多。”朋友说。Oce 好像不再需要多酷炫的理由去做一件事情了，也不用在意别人的看法。担忧和焦虑还是会找上她，“但我不用去管它，把事情做好就行。”

“很多人追求的人生意义其实是别人的价值观，你可能没有意识到，但是你潜意识或者内心深处并不完全赞同。所以就算你成了那个所谓的成功人士，心里还是没有满足感。”想明白了这点后，Oce 决定听取内心最真实的声音，想做什么就去做，哪怕这件事情在别人看来根本不值一提。“好多事情是你发自内心想做的，就算那件事情做完了没有人知道，没有关系，因为这件事情你做过了，你的感受更重要。”

2018 年，Oce 开始做一些自己的小项目，她给它取名叫“Hello Fear”（恐惧，你好），每天挑战一样她害怕的事情，以视频的方式发布在网上。做这个项目的初衷，只是为了克服她对很多事情的恐惧，不想害怕的感觉一直出现在之后的生活里。截至目前，Oce 大概做了十件她害怕的事情。用她自己的话来说，都是些很无趣的事，有些在别人看来甚至会觉得“神经病啊，干嘛要做这样的事”。比如有一期，她给自己画上了胡子，装成一个男人走在大街上，克服那种被很多人注视的恐惧。

+ Oce 挑战给自己打耳洞

这些视频除了她身边的一些朋友，其实也没什么人看。但是过了一段时间后，开始有朋友陆续告诉她："你知道吗？你做的那些事情给了我不同的想法。"

她发现朋友们也会去做他们自己的"Hello Fear"了。

"这个起初不是定义里有意义的东西，但是它产生的结果出乎我意料，这个好好玩。"

"所以不要想那么多啦，想做一件事情就去做，先 Make shit happen（让它发生），会发现生活变得有趣和有意义很多。""Make shit happen"，是西方一句话糙理不糙的俗语，正是 Oce 现在的人生哲学，也是她能够享受当下的原因之一。"我希望我在临终那一刻回忆的时候，想起的不是别人的价值观，而是我年轻的时候，做过的一些事情，那个感受我还记得，那就值了”。

采访的最后，我问 Oce：“听说你已经把自己的墓志铭想好了？”

“哈哈哈哈哈哈……”对面传来一阵轻松的大笑。“因为墓志铭是一个人的人生终极目标。所以我也认真地想了下，写了好多稿，都没有特别能打动我的。但是有一个我觉得可以用，我想用一个字‘蛤’（há）。”

“蛤？”

“对，我希望当我的朋友或者知道我的人，他们回想起我的时候，是一些开心的画面。他们会觉得：‘蛤，Oce 啊，这个人还蛮有趣的。’这样就好。”

“嗯，这个墓志铭很简单，很快乐，也很 Oce。”我在心里想。

| 后记 |

2019 年，Oce 就快迎来自己的 30 岁了。她身边很多同龄朋友会找她咨询人生建议。因为她是朋友圈里少有的跳出朝九晚五的状态、做自己想做的事情的人。

“我会跟他们说一个比喻，主流社会有点像洗衣机，所有人都在洗衣机的滚筒水里无限循环。有很多来自社会的压力，或者社会的认知，希望女性、男性在某个年龄达到社会的某个地位或标签。它会用一个模式去要求每个人，所以大家都在遵循那个模式进化。比如，什么样的学校容易升学，什么样的学校容易找好的工作，怎么样找好的伴侣结婚。所以你能见到城市里面的人，特别是地铁里通勤的那些人，每天都在过一样的生活，他们在滚筒洗衣机里无限地重复、重复、重复……

“自由职业者，更像那些抓住滚筒洗衣机壁的人，他们知道这个社会的惯性存在，而且这个存在很大力，是社会的主流方向，但我们选择努力一下，用自己的力抓在那个滚筒洗衣机壁上，希望可以摆脱那个主流的洪荒之力，做一些不一样的事情。”

我简直要为这个比喻鼓掌了。通过近一年来和自由职业者的接触，我的感受是：这群人的确需要付出很大的力气，才能避免再次被卷进那台名为“主流社会”的洗衣机。主流社会追求的那些东西究竟是好是坏，很难说清。但我以为，一切身外之物都会随时间的流逝而消逝，唯有当下的快乐，会伴随一个人一生，永远保留在记忆里。

花艺师唐川

努力是为了“有所选择”

爱花的女孩总给人一种纤细柔弱之感，照片里总是被鲜花围绕的唐川带给我的正是这种感觉。

2018 年 6 月，我在朋友圈寻找在上海开民宿的采访对象，在一位摄影师的推荐下，我认识了唐川。24 岁的她，是一名花艺设计师，在上海的中心地段开了两家民宿、一家花艺工作室。如果仅看她的朋友圈，很容易给这个年轻女孩贴标签：好看、精致、小资、有才华和品位，看上去……挺有钱的。她符合大多数人对“上海小资女孩”该有的想象，也是很多女孩想要效仿的对象。但美好人生总有 AB 面。大多数人往往只去看别人的 A 面，却忽视了 B 面。

2019 年 1 月，我在线下见到了唐川，采访她的两天时间里，我对这个女孩又有了新的认识。外人眼中优秀的唐川，内心是自卑的。很多个睡不着的夜晚，她问自己：“我怎么还是一事无成呢？”她身边有太多脸蛋漂亮、头脑聪明、家庭条件也好的优秀女孩，这些都在无形中逼迫她努力、努力、再努力。

“平凡人在黑夜里前行探路，本没有光，那就努力让自己发光。”她在朋友圈里写道。

采访完唐川的那天晚上，我失眠了。我一边翻着她的微博，一边想：优秀的边界在哪儿？平凡的上限又在哪儿？如果不断向上的过程会让人痛苦，还要不要追逐？在唐川身上，我看见了自己的影子，也看见了太多出身平凡、想靠自己的双手改变人生的女孩的影子。

| 美丽背后的艰辛 |

电视剧《上海女子图鉴》里有一句台词：只有住在梧桐树下，才是真正生活在上海。一月初的上海，阴雨绵绵，我撑伞走在去唐川某家民宿的路上，即使街道两旁梧桐树的叶子早已掉光，也可以判断出这里是上海房价最贵的中心地段——拐条马路就可以到达“网红”武康路，那里的房价在每平方米 10 万元以上。

正是在这个寸土寸金的地段，唐川租下了一间 50 多平方米的 loft，将其改装成一间绿色墙面的复古民宿，她喜欢称之为绿屋。唐川最开始租下房子，只是为了有一处自己的空间，既可以用来做花艺工作室，也可以请朋友小聚。“喜欢的东西买不起，那就换一种方式拥

唐川在武康路附近的民宿 / 摄影 cecila

有它”，这是唐川一贯的做法。

绿色的墙面、木质的复古家具、随处可见的鲜花……唐川从无到有改造了这家民宿，小到每一个摆件的摆放，大到刷墙、给家具上漆。而那些看上去颇有年代感的木质家具，全由唐川从外面捡回来后改装而成。“我很喜欢捡破烂”，唐川笑着调侃，刚开始做民宿时，手上没钱，于是她在某支付软件上借款租下了这套房子。

为了节省装修费，她去村子里花 80 元淘来木门板，自己打磨一下，再在网上买两个桌腿，一张梦想中的原木工作台就有了。

由于大学专业读的是建筑室内设计，在小型空间内进行复合式设计是唐川的强项。最开始，她没想过靠民宿赚钱。后来在某次出国旅行时，唐川把民宿挂在了爱彼迎（Airbnb）上，却意外地受到欢迎，常常爆满。于

+ 唐川的另一家白色民宿 / 摄影 cecila

是她开始把房子拿来做民宿，节省一部分日常开支。

现在，唐川在上海一共有两间民宿。此外，她还在民宿不远处租了一间房子做花艺工作室，加上她自己住的房子，四间房子一年的租金和水电物业费加起来有40万元，超过了大多数人一整年的工资。我初次听到这个数字时感到十分震惊，仅房租就40万元，这意味着她需要赚到远高于40万元的钱，才能维持现在的生活。

“不说年入百万，现在每个月挣得多的时候月入十万元，少的时候也能赚个几万元吧。”唐川平静地说。作为一名花艺设计师，她主要的收入来源是花艺布置，每个月都会接一些稳定的企业订单，进行大型场景的布置和活动策划，如年会、生日会、商场活动等。如果接到了比较大的单子，一单的收入就够她一个月的生活费了。但这种订单往往要花费巨大的人力和物力，仅活动当天的工作人员就要请十几名，从花材采购、方案设计、与供应商和客户的沟通，到现场的执行统筹，全部由唐川一人完成。

“我就像一个融合点，所有人都向我汇报沟通。”看上去身形瘦

小的唐川，在工作中却是一个雷厉风行的人，既要亲自干粗活，还要在现场指挥几十个男人干活，和照片里的她判若两人。

“光鲜背后的这些辛苦，很多人都会选择忽视。就算我把自己艰辛的一面展示给别人看，也会有人觉得如果她能赚到这么多钱，也愿意这么累。”说起美丽背后的艰辛，唐川有一肚子的话想说。

有一个词，她总是反复提到：艰辛。过去半年时间里，我偶尔会在唐川的朋友圈里看到

✚ 唐川布置的花艺作品 / 摄影 cecila

一些她因过度忙碌而心态崩溃的状态。作为一个万事追求完美的工作狂，她的日常不是在工作，就是在去外地出差的高铁上。通宵赶工是常有的事，有时活动结束了，还要趴在地上一点点清理现场的残局。有时，她会因为长时间睡眠不足，身体亮起了红灯，甚至在回程的高铁上干呕。

毕业的两年多时间里，没有去公司上过班的唐川，就是这样通过高强度的工作，一点点创造属于自己的生活。但是很多个夜晚，当她回顾过去时，又会感到茫然：我现在在干什么？我以后能干什么？我真的有进步吗？“我的高中同学偶然加了我微信，会问我：‘我记得你成绩一直很好的，怎么去卖花了？’”唐川听了有点难受。脱离了正常轨道，活在只有花和工作的世界里，她时常觉得自己不过是一只井底之蛙，对外面的世界一无所知。而赚钱，成了唯一能给她带来安全感的救命稻草。

当初唐川为了可以不早起选择了自由职业，但真正自由后的她，却再也没机会睡一个懒觉。凌晨五点就爬起来去花市采购，节假日通宵赶订单，每一场大型活动前都胆战心惊，每时每刻对着手机处理信息，出差路上累到崩溃大哭……所有这些时刻，都不止一次让她怀疑自己为什么选择了这条路。

当我问到“如果有一个人说她很羡慕你的生活，想成为你，你会

唐川在为花艺课程做准备 / 摄影 cecila

怎么说”时，唐川无奈地笑了：“人各有路，人各有命。你看到了我的表面，我背后要承受什么你未必知道。”

| 长大：一个接受平凡的过程 |

每一个和“好看”沾得上边的女孩，大多是在夸赞声中长大的。如果这个女孩学习成绩还好，就更能轻易成为学校里的焦点。从小学到高中，唐川经常当班里的第一名，由于学校里的男生特别在意女生的外貌，她很早就体会到了外貌对一个人的影响。

她记得很清楚，以前班里有一个女生向男同学借橡皮擦，男生却怎么也不理她。

“你没看到她在跟你说话吗？”唐川提醒男同学。

“你没看到她长得丑，我不想理她吗？”男同学回答。

也许是因为在这样的环境中长大，导致唐川对外貌格外在意。熟悉唐川的朋友都知道，她是一个极度缺乏自信的人。就像觉得自己不够优秀一样，很长一段时间里，唐川觉得自己相貌平平，“变高、变瘦、变漂亮”几乎是她每一年的生日愿望。特别是到上海读大学后，看到学校里那些既好看又有才华，家境还优渥的同学，唐川感受到了巨大的差距，“在她们中间，有一种永远都出不了头的感觉”。

唐川还记得大学时，她曾在外面做礼仪类的兼职，在大街上被人像挑大白菜一样挑选。“好看的是多少钱，长得一般的是多少钱，到你这里是多少钱，就这样当着你的面挑挑拣拣，这些事情我都经历过。”为此，唐川掉过眼泪，也埋怨过自己相貌平平。曾经的自信被一一摧毁，逐渐认清自己不过是一个普通人。

大三开始，唐川同时做着好几份兼职：做手工饰品在学校摆摊，在外面接礼仪的活，接一些室内设计的单子……那时的她，常常会忙碌到凌晨两三点才睡。直到临近大学毕业，唐川身边的同学都去了不同的设计公司工作。但是在设计公司实习过的她，在经历过许多个通宵工作的夜晚后，很清楚地知道那并不是她想要的将来。

迷茫的大三暑假，别的同学都在实习，从小就喜欢花和大自然的她，去花鸟市场闲逛，想让那里的阿姨教她制作花艺的技术，结果人家只让她扫地，她待了三天就走了。但她也因此认识了一些花市的供应商，一旦他们有不要的花材，她就去捡回来，扎成小花束，发到朋友圈，送给喜欢的朋友。随着她在朋友圈发布的作品越来越多，身边人渐渐都知道了她有一个做花的爱好。于是，2015 年的七夕，她开始尝试在朋友圈售卖自己的花艺作品。

“我记得很清楚，那是 2015 年的 8 月 20 日，我在朋友圈发了广告后，大学同学包括辅导员，都在帮我转发。那次我接了 10 个订单，全部来自陌生人，我很感动他们能无条件地信任我。那天，我用优步打了一辆车，从早上一直送到晚上，第一次感受到了收花人的喜悦和幸福。”

从那以后，唐川一边上学，一边接一些私人订制的鲜花订单。被学业逼迫产生的不安一扫而空。“那时我便觉得‘越努力越幸运’，充实的生活太美好了。”

迷茫之际，鲜花为唐川指明了新的方向。

大学毕业第一年，唐川没有选择去公司上班，而是和两个朋友花 5000 多元的月租，一起在上海中心区租了一个院子，花了一个月的时间亲自动手，改装成她们共同的工作室。后来的时间，她们把那间房子当作公共空间，在那里办活动、开花艺课程、邀请朋友聚餐，院子里总是充满欢声笑语，是异常开心的一年。然而第二年，房东违约提前收回房子，唐川和朋友们只好各奔东西。她靠第一年工作攒下的积蓄，又租了一间房子，改造成自己的工作室，继续做花艺。

花艺这行非常靠节日吃饭，最开始，唐川只接一些花礼订制，收入非常不稳定。节假日的时候一天的收入就有一两万元，非节假日却少很多。而她最早的客户都是大学里认识的朋友。她还记得自己接到的第一个婚礼订单，是大学时买过干花的一位客人。她的婚礼主题是：印第安人登陆月球。印第安人代表勇敢，月球代表未知，因此主题的寓意是“一起去探索未知的世界”。新婚夫妻想站在月球的绿洲上宣誓。

唐川灵机一动，决定用芦苇。可是市面上买不到她想要的芦苇，于是她去乡下郊区自己挖了很多芦苇、狗尾巴草、干稻草等植物，满满一车装回家，用这些完成了那场婚礼的花艺搭建。

“人生没有白走的路，我大学认识的很多人，后来都成了我的客人。谁能想到，大学参加上海时装周时认识的男生，现在成了我最大的客户呢？”唐川感慨，在坚持花艺的这条路上，虽然有无数个崩溃到大哭的时刻，但也遇到过不少贵人，也因为花认识了很多志同道合的朋友。

“喜欢花的人都很善良。”唐川说。她唯一的遗憾是一直忙于工作，没时间陪伴身边的朋友，总是朋友们来到自己身边，帮忙处理工作上的杂事，细心照顾她，让她注意身体。时间，对唐川来说是稀缺品。由于工作忙碌，她甚至不能拥有一段正常的恋爱关系。

“我除了睡觉的时间都在工作，手机占据了我生活中的大部分时间，我的伴侣无法接受这点。所以现阶段，我不适合有感情。”对此，她在感情里充满歉意，却又出于对工作的坚守，而感到无可奈何。

我看着坐在对面，说起这些来云淡风轻的女孩，心里想的是：“努力的尽头究竟在哪里呢？如果只做一个没有梦想的平凡女孩，是不是会更幸福一点？”

| 努力是为了有所选择 |

从一无所有到最多的时候月入十万元，唐川今天所拥有的一切，都是靠自己拼搏出来的。

“你真的是我和你爸的骄傲，一个人在外面，那么瘦小，因为家里的情况，我们一点忙都帮不上。”某天，很少和唐川联系的妈妈突然对她说，唐川想哭。

这些年，那个曾经在人群中无比自卑的女孩，一直靠努力赚钱给自己制造着安全感。

“最近一次的感触是，2018 年 10 月，品牌方邀请我去做花艺师，当天的礼仪小姐都跟我差不多年纪，每个人都挺漂亮的。我问了她们的日均收入，然后再算了一下我在那里一天能赚多少钱，大概是她们的几十倍。然后我觉得：终于有一天，我不用再为是否长得漂亮这件事情而为难，我可以不再在意外貌这件事情了。”

“那你现在还会自卑吗？”

“我跟别人比永远会觉得相形见绌。但我不会嫉妒，也不会完全自卑，而是想跟随别人的脚步，变得更好。2018 年这一年的巨大成长，让我改变了很多。”

“但是一直处于‘要比现在的自己更优秀’的状态里，不累吗？”

“累啊，我一直安慰自己，成功的人都是孤独的，虽然我根本不是什么成功人士。但人只要心不累，身体上的累都没什么。人生不就是一个先做加法，再做减法的过程吗？强大到一定程度了，剔除掉一些让自己不开心的事情，会好很多。”

2018 年，由于民宿的诸多琐事，以及经常遇到一些低素质的客人，唐川不止一次被气哭。凌晨被客人叫去修理热水器，客人把房间破坏得面目全非却投诉无门，无端收到恶意差评……

“今年的第一件事，就是要关掉民宿，太累了。”唐川说。

然而过一阵子再和她聊天，却发现她又把民宿这块业务捡起来了。究其原因，还是想多线发展，寻找到一条“可持续发展”的自由职业之路。很多个时刻，我都很想告诉她：“不要再那么拼了，你已经很优秀了。”但转念一想，每个人对“优秀”的定义不同。哪怕外界有再多肯定，人达不到自己心目中的标准，永远会觉得自己平庸。努力工作，拼命赚钱，一次次向生活宣战，声称要出人头地，打倒平凡。究竟是为了什么呢？

唐川的答案是四个字：有所选择。无论是买喜欢的东西，还是去哪里旅游，都不会因为钱而被限制。父母在一天天老去，现在的努力是为了将来生活中出现意外时，不至于孤立无援。原来，这个看上去颇有野心和抱负的女孩，一直以来努力追求的，并非大富大贵、功成名就，而是一种相对舒适、更有安全感的生活而已。既能和喜欢的一切在一起，也永远不用为明天可能会出现的意外而担忧。就像一起去花市买花时，她总是挂在嘴上的那句“能一直买得起我喜欢的花就可以了”。而有时，哪怕是这种听上去最平凡的生活，也需要我们用尽一生的力气去维护。

采访结束那天，回家路上，和我一起去拍摄唐川的陀螺问我：采访完唐川是什么感觉？羡慕吗？我几乎没有犹豫就回答：不羡慕。并不是说唐川的人生不值得羡慕，而是采访过很多优秀的人后，我觉得他们优秀背后的艰辛是我难以承受的，自然也就不羡慕别人的“辉煌人生”。

20多岁的柴静初次到央视新闻频道时，前辈陈虻对她说：“成功的人不能幸福。”

“为什么？”

“因为他只能专注一个事，你不能分心，你必须全力以赴工作，不要谋求幸福。”

柴静害怕得摇头：“不不，我要幸福，我不要成功。”

成功的人都是孤独的。这个时代的集体焦虑往往是因为人们总盯着别人成功的结果，而忽视别人奋斗的过程。一旦看清了过程，相信大部分人都会说服自己心安理得地继续当一个普通人了。

自由编剧欧阳十三

遭遇生活的暴击之后，如何体面地追寻自由

欧阳十三说，一个人发生很大的改变，要经历三件事。首先是亲人的离世，其次是失恋，最后是结婚为人父母。30 岁前，这三件事情，她已经经历了两件。

如果说人生是场戏，出身起点并不高的欧阳十三迄今为止的人生经历，足以拍成一部跌宕起伏的电视剧。“这些年我一直都是活在狗血剧中的女配角，没有最惨，只有更惨。”20 岁以前的她，时刻在与贫穷做抗争，因为家庭原因担心读不起高中，为了省钱不敢参加大学同学的任何聚会，每天活在“会不会下一顿没饭吃”的恐慌中。20 岁以后的她，经济终于不再被动，她开始放飞自我，尝试了一切她想做的事：骑行滇藏线、合伙开出版公司、开钢管舞工作室、当健身教练……

一次次 360 度的转行，一次次失败跌倒再爬起。就在她的事业终于拨开迷雾，要走上正轨之际，母亲的重病一夜之间让她坠入了深渊——为了

✚ 欧阳十三的舞蹈剪影

给母亲治病，她不仅花光了所有积蓄，还欠下了一屁股债，但最后母亲还是离开了。

在生活的暴击之下，她痛苦过、抑郁过，甚至自杀过，但就像那句“所有杀不死你的，都能使你变得更强大”一样，熬过来的欧阳十三花了两年时间收拾好了心情，前往北京重新开始。

现在的她，还清了债务、在丽江买了房，是一名长居北京的自由编剧，以写作和影视创作为主业，以健身教练和自由撰稿为副业。早年的穷困经历让她有了更强的“斜杠意识”，“人不能只赚一份钱”，她希望有天即使不写剧本了，也可以靠其他收入养活自己。这或许是每一个“斜杠青年”选择斜杠的背后，潜意识里的不安与焦虑。

| 世界上，原来存在不为钱着急的生活 |

在单亲家庭长大的欧阳十三，受家庭影响，从小就比较敏感早熟。初中升高中时，欧阳十三考上了重点中学，但由于家里交不起学费，她面临着失学的危险。情急之下，她做了一件颇为大胆的事：给当地私立学校的校长写信寻求资助。

“我把每门课的成绩单都打印出来交了过去，跟校长详细说了我的情况。”私立学校往往异常看中名牌大学的升学率，欧阳十三在信里承诺“只要得到资助，一定考上名牌大学报恩”。那个暑假，欧阳十三在焦急的情绪中等待了一个月，眼看着就要开学了，“我以为自己的人生就快完蛋了”，最终那封稚嫩的信件几经辗转，终于在 9 月开学之前，到达了校长手中。

也许是因为从来没见过学生做这种事，也许是欧阳十三求学若渴的诚意打动了他，校长看完信后免除了欧阳十三高中 3 年的所有学费。三年后，欧阳十三用一张华中科技大学的录取通知书回报了校长当年的“雪中送炭”。虽然考上了名牌大学，家里依然不支持十三继续读书，她只好靠勤工俭学，拿奖学金和贷款的方式凑齐了学费。

“为了省钱，我是大学宿舍里唯一没订水的人，也没法跟室友们定期出去聚餐、唱 k，所以我朋友挺少的。”正是因为太早体验了被没钱的恐惧支配的日子，在别的大学生还在为家长不给自己买 iPad 而哭鼻子的年纪，欧阳十三就开始工作赚钱了。

从最开始的月薪 2000 元到后来的月薪 1 万元，大三那年，还在读书的欧阳十三就正式加入了一家影视广告公司做主策划。提前一年进入职场，加班是常态，一周有一半时间都在天上飞。就这样工作到毕业那年，不喜欢广告圈工作氛围的她辞掉了工作，打算用两年来攒下的钱出去骑行一圈。“以前的生活大部分被经济推着走，没有选择的余地。毕业那年刚好有一些积蓄，就觉得应该去做一些自己想做的事，放飞自我一次。”

欧阳十三不是个喜欢做规划的人，20 岁出头的年纪，生活已经压得她喘不过气，她想给自己一个悠长的假期，释放压抑已久的自我。旅行可以改变一个人，也可以废掉一个人。在骑行滇藏线的路上，她遇见了各形各色的人，看到了美丽的风景，更看到了穷游的窘迫。“我在路上见到过很多学历很高的高才生，可以说是天之骄子，却什么都放弃了，花着家里的钱躺在又脏又乱的青旅里，过着所谓自由潇洒的人生。”欧阳十三有些愤愤，“我很看不起这样的人。一个人可以穷游，但一定要自食其力，为了省钱，蹭吃蹭喝地旅游，通过这种方式实现人生梦想并不美好。”而真正带给她冲击的不是这群“废掉的高才生”，而是在云南旅行时，遇见的很多放弃北上广深的高薪工作，在云南开一家小店，不为金钱而奔命的人。

在大城市生活久了的人常常会有一种错觉：脱离了大城市的资源和人脉，去一座陌生的小城市完全无法生活。但是在云南，欧阳十三见到了很多离开大城市的“白领”，靠着一门手艺或者以前积累的资金，在当地开一家小店，过着不着急挣钱的慢生活。“相比于赚钱，他们更关注生活方式。”所以大多数人每天睡到自然醒，中午 12 点以后才开店营业。

✚ 欧阳十三在骑行中留念

作为一个长期处于窘困的经济状况中的人，看到这个世界上居然有人正过着不用为钱着急的生活，欧阳十三受到了莫大的冲击。“那一年，我在云南停留了很长时间。说实话我很向往那样的生活，想着以后的自己能不能也这样过。”多年后，当欧阳十三终于有能力为自己买下一套房时，她几乎没有犹豫就把地址选在了云南丽江。

| 自由的代价？有些东西钱也留不住 |

欧阳十三的身上有很多矛盾点：比如在一个缺乏安全感的环境中长大，却从事了很多外人看来并不安稳的工作；比如希望有人关注自己，却不喜欢与人在线下打交道；再比如不想被没钱的恐惧支配，却从来存不住钱。但她的所有矛盾点都指向一个共同的目标——追求自由自在的生活方式。

为期一年的骑行结束后，她靠在景点转卖景区的小商品赚了一笔小钱，因此回到深圳的她没有急着找工作，而是和一个大学里认识的前辈合伙开了一家出版公司。说是合伙，两人的资源和地位却截然不同。

“在我没钱、没人脉、没资源的时候，前辈来找我‘合伙创业’，其实是利用我的虚荣心，帮他‘打工’。那时候年轻看不清，觉得别人都在上班，我创业，说出去挺有面儿。”欧阳十三说，她也是后来才意识到，资源都在创始人手里，他们所谓的“合伙关系”并不平等。

离开后的欧阳十三，开始追寻自己内心深处的兴趣爱好而工作：与人合伙开钢管舞培训学校，考取私人健身教练初级资格证，转行健身教练。由于年轻无畏，她的每一次决定都随性而为。就这么风风火火地折腾了几年，她在取得了一些成绩的同时，也踩了不少坑。

那几年，虽然她在代理公司帮人出了不少书，掌握了写书技巧；也成功让钢管舞作为一门舞蹈艺术，第一次走上了深圳海雅大剧院的舞台；还

✚ 跳舞中的欧阳十三

修读了解剖学，以健身教练的身份帮助不少学员塑造了健康的体型。但在亲戚朋友们的眼中，欧阳十三不上班创业的那几年无疑是失败的。欧阳十三也深刻反省了自己“失败”的原因：一是过于依赖别人的资源，二是没想好自己真正的兴趣爱好是什么，三是缺乏核心竞争力。

钢管舞虽然是她的爱好，却并不是一项能够让她踏实下来做一辈子的事业。那段时间，她总觉得钢管舞的工作束缚了自己，常常与合伙人意见不合，舞蹈学校的业绩也不尽如人意。这种情况下，出于对身体和精神状态的改善，她接触了健身。入股健身工作室带着学生减脂塑形，业余时间写书、写专栏，那一年欧阳十三的收入和生活终于稳定了下来，度过了她人生中少有的一段简单快乐的时光。

然而生活的暴击就在这时降临。2016 年，欧阳十三的母亲生病住院，电话里医生让她做好最坏的心理准备。“有个身家上千万的人，跟你妈妈一个病，钱花完最后还是走了，但毕竟多活了半年，你有多少钱？”医生说。

时隔多年，没钱的恐惧再次袭击了欧阳十三。而这一次，没钱的后果不是少参加一次同学聚餐，而是救不了妈妈的命。她开始四处借钱，然后再把钱投入 ICU 那个“无底洞”里。直到最后能借的钱都借遍了，实在撑不住之后，十三把妈妈接回了家，每天陪在她身边。十五天后，母亲走了。

我问十三后来有没有后悔过当初没有老老实实上班，多攒点钱？十三停顿了一阵之后回答："这个问题我后来想了很久。自己最亲的人躺在ICU里，每天都在烧一大笔钱，救还是不救？我觉得不管选了哪个，最后都可能会后悔。但现在我明白一个事实：不管当初我存了多少钱，人都是留不住的，我现在最后悔的不是当初没赚够多少钱，而是没有和妈妈一起好好生活过。"

欧阳十三的母亲生命中的最后一个月，已经连脖子都转不动，食物也吃不进去，要打鼻饲。医生说，食物进入肠道管后，每一次轻微的晃动都给内脏带来强烈的痛楚，所以她母亲的最后一个月很是痛苦。"每当我走在大街上，看见和我妈妈同龄的人，我想到她们可以正常走路、吃饭，甚至可以正常排泄，就觉得他们的人生非常幸福。我的母亲后来没办法正常排便，都是我戴着手套帮她完成的。她最后那段时间极其没有尊严地活着，但是她的意识又十分清醒。"

母亲的去世，对十三的人生产生了很大的影响。此后每一次吃到食物，可以自己咀嚼，可以健康地跑跑跳跳，她都要心怀感恩。"一直到现在，我还时常会想，我妈妈曾经很想活下去，而我现在拥有她当时失去的一切，我应该好好地生活。"欧阳说，年轻的时候日子过得率性而为，既没有储蓄也没有规划，这可能是大多数年轻人的通病。不知道自己要往哪里走，想要什么，糊里糊涂地吸收了很多正确或不正确的言论，等明白过来时木已成舟，无法挽回。而率性而为产生的后果，可能就是年轻时追求自由所要付出的代价。

| 被命运玩弄？还是改写命运的剧本？ |

母亲去世后，欧阳十三离开了深圳的亲戚朋友，只身一人去了北京——她想抛开过去的一切重新开始。那一年，几十万元的债务压在这个年轻女孩的肩头，生活的压力逼着她还未从亲人离世的痛苦中缓过来，就要想办法工作还钱。

有大半年的时间，她白天若无其事地工作、吃饭、跟人聊天，到了夜晚想起妈妈离世的场景，痛到心脏抽搐。她第一次对自己所选择的生活有了理性的审视："我们所追求的自由和快乐，是否经得起这种家庭变故的考验？当我们面对亲人强烈的求生欲而无能为力时，那份自由跟洒脱，真的会心安理得吗？生而为人，便该担负起自己的责任。"但逝者已去，生者唯一能做的就是更好地生活，替他们去好好体验这个他们曾留恋过的世界。

欧阳十三需要创建一个新的机会，去逆转自己的人生。去北京之前，她就从一个在中国传媒大学读编剧专业的前辈那里打探到了一些入学经验，这一次，这个曾经被命运狠狠玩弄的女孩想从事一个可以"掌控他人命运”的职业——自由编剧。

她找朋友又借了几万元，成功报考并通过了中国传媒大学编剧专业的筛选，开始了一边在网上给一些纸媒和非虚构写作类自媒体撰稿挣生活费，一边上编剧专业课的日子。

也许是因为经历了太多次意外和挫折，面对这个崭新的改变命运的机会，欧阳十三十分珍惜。进修期间，她认真完成了老师布置的每一个作业，不管是小说创作还是原创剧本，她都是班里完成度最高的几个人之一。

“其实在学校的时候，就能看出来将来谁能做出成绩，谁不能。不成功的人有一个共同的特点是对自己狠不下心，既离不开舒适圈，也吃不了苦。”

作为一个几乎是吃苦长大的人，欧阳十三在学校里表现十分积极，这让她刚毕业就在一位出版编辑的介绍下接到了人生中的第一个剧本。“编剧主要靠圈内的口碑推荐接活儿，只要开始了，后面的活儿就不会断，除非你特别不靠谱。”在编剧行业，很多新人在第一次接活儿时都会畏畏缩缩、思前想后。担心自己接不下来，担心字数太多，担心工作量太大会很辛苦。在这方面，欧阳十三要大胆、自信得多。

“我接活顺利可能是因为我比很多人更有能力。”说起自己的专业能力，欧阳十三向来自信。“不要有那么多顾虑，做什么事情都要有担当和责任感，刚接活儿的时候可能会考量工作量和收入，一旦接下来就要做一个有担当的人，不要再去考虑钱多不多、工作量大不大的问题。”欧阳十三说，编剧行业 70% 看工作态度，30% 看天赋。看天赋的时候不多，更多的是你的工作态度决定你能不能走下去，“要爱惜自己的羽毛，接了的活儿就要完成。”

在欧阳十三完成了第一个剧本的初稿后，合作方很满意，与她建立了长期合作关系。那以后，她的剧本工作就没有断过。但这并不意味着每一个剧本都那么尽如人意。在编剧圈，新人受压榨是家常便饭，刚毕业的欧阳十三就被老编剧廉价使用过；在没有收入进账的阶段，她不得不靠健身房分红和兼职写作养活自己；在男多女少的影视圈，更是要强忍着对“二手烟”的不适，在深夜和一群男人在烟雾缭绕的房间里开会；或者花费大量心血完成了一部作品，最后却得不到署名权。还未在编剧圈建立起自己的口碑和品牌前，这些都是一个新人必须忍耐的部分。

欧阳十三就这样一边在新的行业里摸爬滚打，一边认真考虑“我以后到底想过什么样的生活”。最难的时候，她连遗书都写过好几封，没有安眠药便完全无法入睡。2018 年，她遭遇了感情和工作的双重打击，男友和自己分手，团队也因为各种问题只剩自己一人在做事。“大家都觉得我扛不住了，但我扛过去了。”有大半个月的时间，她晚上躺在床上一直哭到天亮，白天再收拾心情继续去工作。“我告诉自己熬过去就升级了。”事实也确实如此。

2019 年是欧阳十三事业腾飞的一年。2018 年，她完成的一部非虚构短篇《功夫幼儿园》版权成功卖出，获得了影视改编的机会。她也因此以主编剧的身份加入了剧组，自己挑演员、定剧本、决定开会时间……

从中国传媒大学的编剧专业毕业一年后，欧阳十三终于拥有了一部可以署上自己名字的院线作品，在剧组也终于拥有了话语权。编剧新人一旦出了一部署名的好作品，之后的收入只会越来越高。所以 2019 年对欧阳十三来说是一个非常关键的转折点，就连她的编剧老师也不禁感慨：“你是我们那届学生中最快接到商业项目的一个，你去年接的项目都快比我多了。”

截止到 2019 年，欧阳十三已经接了 4 个剧本项目，除了这项正职工作外，她每个月还会花 5 天左右的时间给其他自媒体平台撰稿，同时也会在剧组以健身教练的身份帮助工作人员做体态、增肌、塑形等训练。

“社会普遍认为女性就算在工作上取得再大的成就，只要情感上空虚就是不快乐、不成功的。我以前也受这种观念影响，现在却不这么觉得了。”欧阳十三说，经历过亲人的离世和恋人的离开后，是事业上的突破让她重新找回了自我价值。“我现在特别享受工作的状态，也认可自己的工作价值。”2018 年年底，她还清了母亲去世后欠下的所有债务，也在丽江买下了属于自己的第一套房子。“心里终于踏实了”，她说。

写到这里，欧阳十三的故事就讲完了，最终，这个曾经像活在一部狗血电视剧中的女孩，用坚韧改写了人生剧本。“回顾这些年，你是靠什么挺过来的？”某次采访的间隙，我曾经这样问过她。她反问我：“你有没有经历过什么很大的人生挫折？”我想了想不好意思地说：“和你经历的比起来，我的那些挫折都不值一提。至今为止最大的挫折，可能就是大学填错了志愿。”

欧阳十三笑了笑，没有正面回答我的问题，而是说：“一个人要发生大的改变，通常要经历三件事，首先是亲人离世，其次是失恋，最后是结婚为人父母。这三件事情，我已经经历了两件。”

我把自己代入欧阳十三的处境中，想象假如我是她，经历过这么多事情后，现在会成为一个怎样的人。然后我明白了，她能活成今天这样，需要付出多大的努力。生命是坚韧的，命运是无常的。若你的生命不小心被命运作弄，可以允许自己哭、自己痛、自己脆弱，但在这之后，那些曾经伤害过你的东西，都要变成长在身上的铠甲——那是命运伤害过你的证据，也是你与命运正面交锋后，变得更加强大的证明。所有杀不死我们的，终将使我们变得更强大。

只要我们还在按照自己的意愿，负责地开心度过每一天，人生就是体面而自由的。

小众自由职业者的生存之道

“讲书稿”撰稿人葛亚坤

“曲线救国”的小说写作之路

第一次认识葛亚坤，是通过我的豆瓣日记《现在的年轻人，为什么都不想上班了》。在那篇文章的评论区，他留言：“去年七月辞职，成为一名光（jiāo）荣（lǜ）的自由职业者，幸好会写点儿东西，现在一个月也能赚几万块钱了。”那条评论下，不少网友问他：“你是怎么做到的？”问的人多了，自然也引起了我的注意。我给他发了邮件，约了一个傍晚的时间聊一聊他的自由撰稿之路，那次采访进行了两个半小时，从天色微亮聊到了天色全黑。挂掉微信语音的那刻，我长舒了一口气：“是我想写的故事。”

作为一个从小喜欢写作的人，葛亚坤是一类写作青年的典型。他的起点并不高，全凭一腔热爱，慢慢摸索着走上了一条可以靠写作养活自己的道路，却又在写作生涯的不同阶段，在理想与现实之间苦苦挣扎。他写作的终极目标是成为一名悬疑小说家，但在通往终点的路上，他走了太多“弯路”。

2017年和2018年是“讲书稿”写作处在“风口”上的两年。这两年里，葛亚坤靠“讲书稿”写作赚取了不菲的收入，但同时也为他接下来的小说写作设下了一些障碍。2018年年底，葛亚坤毅然放弃了能带来不错收入的“讲书稿”写作的工作，开始闭门专心创作悬疑小说，而“讲书稿”的写作热度也在2019年渐渐冷却。

认识葛亚坤的一年多时间里，我们有过多次来往，我像一个旁观者，看着他经历了写作之路上的曲曲折折。他不上班的这段人生经历，乍听之下没有太多波澜起伏的故事，但细品之后就会发现，每一次选择背后都波流暗涌。

不断试错：发现内心所爱

葛亚坤想成为一名悬疑小说家，这个目标是他工作后才真正确定的。在职场的3年中，他在北京中关村的互联网公司做过市场助理，也去山东烟台开过西餐厅，之后又回到北京做了几个月的商务拓展，发现并不适合自己后，又去了一家互联网公司做新媒体主管。

初入职场，葛亚坤和很多人一样，不知道自己适合什么，于是只好频繁跳槽，平均半年换一份工作。但正是在这些不断试错的过程中，他逐渐看清了自己性格里的优劣之处和真正想做的事情——他发现自已不适合从事团队协作类的工作，回想之前的几段工作经历，都是因为“人”的原因没有坚持到最后。

葛亚坤在烟台开西餐厅时，前半年西餐厅运营得还不错，也在当地做出了名声和口碑，甚至吸引了不少加盟商，但由于葛亚坤和他的合伙人都太年轻，没有丰富的管理经验，导致日订单量超过 300 单就控制不住——不是后厨的水平不稳定，就是送餐员的配送协调不过来，几个合伙人之间的意见也总是难以统一。

再加上当时餐厅周边已经开始有资金雄厚的竞争对手在模仿他们，为了避免将来的恶性竞争，葛亚坤决定趁着当时餐厅的生意和名声还不错，把店给转让了。虽然最后赚了几十万元，但算下来发现，开店半年赚的钱其实和在北京上班差不多。

重回北京的葛亚坤，进入了一家做高端餐饮的互联网公司做商务拓展。由于他有餐饮创业的经验，再加上口才不错，几个月的时间就被提升到商务总监的职位，带领一支 20 多人的团队。而与此同时，他在管理上的短板再次暴露出来。从那时起，他心中就产生了专职写作的想法，但这个想法并不是一拍脑袋就冒出来的。

葛亚坤从小就有一颗热爱写作的心。他还记得自己小学四年级开始写文章，五年级就开始写长篇小说。由于父亲是一名军人，四年级时和父亲

书店是葛亚坤最爱逛的地方

一起从山东老家随军到北京的他，刚到北京时人生地不熟，连普通话都说不好，只能在家读书解闷。“我爸爸在部队里是做保密工作的，所以家里有很多谍战、情报类的书。平时没事做的时候我就读那些书，读得多了就开始自己写了。”

之后的十几年里，他一直保持着写作的习惯，从诗歌小说到散文随笔，写作的类型也一直在变化。但即便是如此热爱写作的他，在学生时代也从未想过以后要以写作为生，因为在当时大多数人的观念里，“写作产生不了经济收益，应该等退休以后再做”——这几乎成了一种共识。

这种想法直到葛亚坤辞掉第三份工作后，仍然在他脑子里根深蒂固。他对“写作能否养活自己”这件事情仍然存有疑虑。为了解决这些疑虑，辞职后的一个多月里，他把自己关在家中写了近十篇小说，其中最短的一篇约 1 万字，最长的近 9 万字。这些小说后来全部投稿给了豆瓣，现在均已在豆瓣阅读上架。“我当时很着急，过完年后就要出去重新找工作了，在那之前，如果我花一个多月写的东西能带来机会的话，之后就可以坐等回报。”葛亚坤说。

但是豆瓣阅读的审核时间比较长，一般在 1~3 个月。所以 2017 年 7 月之前，仍然对写作能否养活自己存疑的他按捺不住内心的焦虑，抱着“不能做自由职业的话，就找一个以写东西为主的工作”的想法，又找了一份新媒体运营主管的工作。幸运的是，2017 年 7 月，豆瓣阅读的几篇小说均通过了审核，并且邀请他成为签约小说作家。这意味着他以后写小说有收入了，按照当时的合同和他写作的速度来看，一个月光给豆瓣写小说，也能赚一万块钱。于是 7 月底，他向上司提出了离职。

“上司当时挺不高兴，问我辞职是为了什么。我说想写小说，上司就说了些挺难听的话，例如将来会饿死啊什么的。当时我心里也没底，只能一边陪着笑，一边说：是，我自己也挺没信心的，就是想试一下。”这是正式辞职半年后，在豆瓣年终总结里，葛亚坤回忆起提离职的场景时写下的话。于是从“想试一下”开始，葛亚坤正式踏上了自由撰稿之路。

| 从 0 到 1：一次只能做一件事情 |

葛亚坤辞职后的道路并非如计划中一般顺利。一开始，他给自己定下的计划是靠接一些外包软文赚钱。在做前一份工作时他在业余时间接过一些软文写作，每篇文章平均耗时 2 小时，能赚几百块。这让他觉得自己可以靠写软文维持生计，再利用业余时间写小说。然而真正辞职以后才发现，不定期的外包软文根本解决不了生计问题。“一个没有签合同的、不定期的任务，不该对它抱有太高期望。”葛亚坤说。直到 7 月份豆瓣阅读找他签约，他才算有了第一份比较长远、稳定的收入来源。

那之后，他把计划调整为“一边给豆瓣阅读写小说，一边准备考研。”他设想在豆瓣签约期间靠写小说的稿费维持生计，如果几年后小说火了，就正式成为职业作家；如果小说没火，研究生毕业后还可以再找工作。一开始他还为这个看似“完美”的计划沾沾自喜，但事实证明，写小说和考研哪一个都不简单，同时做两件有难度的事情的结果就是，一件也做不好。

那个夏天，葛亚坤一个人憋在通州宋庄的房子里一边写小说，一边准备考研。房子周围很荒凉，家中也没有网络，他的日子过得清苦又憋闷——既没有通过撰稿赚到多少钱，也没有心思安心准备考研。

与兜里的存款一日日突破底线一同发生的，还有考研日期的渐渐逼近。专心写小说？不甘心放弃考研。专心考研？又害怕断了收入。在内心的焦灼与各种欲望的撕扯中，葛亚坤终于熬到了 12 月考研结束。

“考研结束后的感受是什么？”我问他。

“说实话，有种解脱的感觉。”葛亚坤说。考研的结果是预料之中的惨败，那以后他马上就投入小说和稿子的写作之中。仅一个多月的时间，他就写完了 7 篇稿子，效率是一般写手的 3 倍以上，常常写完后整个人都处于麻木状态，连说话的力气都没有。当初拍脑门儿做决定踩过的两个坑，无疑给葛亚坤上了生动的一课：重要的事情，一次只能做一件。

| 代笔风波：撰稿圈的那些事 |

虽说豆瓣阅读的签约合同给葛亚坤带来了每个月的固定收入，但和自己上班时的工资比起来，这些钱还远远不够。但促使他不断寻找新项目的动力并非金钱压力带来的，而是内心的焦虑。考研那段时间是葛亚坤内心最焦灼的一段时光。某天在一个新媒体写作群里，有一个保险公司的人在帮一家公司招外包写手，开出的条件是五六千字的稿子 1000 元。

由于内心焦灼，葛亚坤很快就加了那个人好友，当时群里共有 20 多人报名，但是通过中间的层层筛选和反复修改，一篇 1000 块的稿子前后竟耗时一个多月，到最后还在参与的只剩下4个人。“我因为内心焦虑，又不想前面的付出白费，所以一直硬着头皮修改一遍、两遍、三遍……”葛亚坤说，修改的过程中不断有人退群，但好在他咬牙坚持下来后，修改意见已经从第一次的“从头改到尾”，变成修改“局部措辞和逻辑问题”了。

但到第二期稿子时，甲方的要求依旧十分严格，群内剩下的几个人终于忍不住和中间人吵了一架，最后为难的中间人干脆把甲方的联系方式给了他们。葛亚坤说这算走了个“狗屎运”，让他得以直接和那个所谓的“甲方”对接。因为对接以后他发现：原来每篇稿子的稿费居然是3000元！

此后在和“甲方”的直接对接中，葛亚坤又完成了第三期稿子，并在11月中旬拿到了4500元稿费，本以为事情就这样结束了。但一次偶然的机会，葛亚坤在国内某知识付费APP上看到了自己的那篇文章，署名却不是那个甲方。他这才明白原来所谓的“甲方”也不过是另一个中间人而已。

于是葛亚坤直接给APP相关负责人发了邮件，希望能直接与他们对接，第二天就收到了回信。沟通清楚前因后果后，对方同意按照一个字一元钱的价格与他签署合同。至此，葛亚坤又多了一份可以通过写作获得的长期、稳定的收入来源——“讲书稿”写作。

“讲书稿”是“罗辑思维”的创始人罗振宇发明的，在他的“得到APP”里有一个栏目叫《天天听好书》，这个栏目会把一本书的精华浓缩成一段音频，让听者听完后仿佛看过这本书。这种解读一本书的浓缩音频的文字版，就是市场上常说的“讲书稿”。

“罗辑思维”推出的这种听书形式是收费产品，例如，在“得到APP”听一本书是5元钱，包年则是365元。这种讲书的模式一出现，就改变了整个市场的格局。许多知识共享和知识付费平台都开始模仿这种形式做听书栏目，如喜马拉雅、樊登读书会、新世相读书会、中信书院等。一时间，优秀的“讲书稿”写作者变得供不应求，许多公司甚至把“讲书稿”作者当作一种职业招聘，薪资高出市场上的大部分文字创作类岗位。

通过那次“代笔”事件，葛亚坤不仅接触到了“讲书稿”写作，还了解到原来“代笔现象”在撰稿圈中十分常见。但他并不把这次经历作为一次教训，反而感激它让自己在不断修改稿件的过程中学到了“讲书稿”写作的规范和套路，并且最终得到了与平台方直接签约的机会。

现在在网上搜索“征稿”，会看到无数公司的需求，但作为一个自由撰稿新人，很可能并不知道如何满足他们的需求。这时候有一个中间人来以资深撰稿人的身份告诉你各种套路和规范，在他的培养下去入门这一行，其实是一个很不错的学习机会。通过帮别人代笔一段时间，熟练掌握撰写稿件的技巧后，再自己去找甲方对接，成功率也会更高。

| 理想主义写作者的挣扎 |

2018年7月，葛亚坤已经和两三家“讲书稿”平台签下了比较稳定的合同，有了这几份合同，再加上一些其他撰稿工作，他的收入也从最开始的难以维持生计，变成比上班时翻了几倍。但即便如此，焦虑感还是常常伴随着他。这种焦虑主要来自对写作和市场的不可控，并且不同阶段焦虑的点也不一样。

比如刚辞职时，他经常因为稿子的事情焦虑得睡不着觉，既担心甲方解除合作，也担心稿子通不过审核。“写作是一个创意工作，没有一个标准在里面。比如跑步，100米只要跑进多少秒就可以算合格。但写作写到什么程度算合格呢？没有标准。所以初期写稿没有把控能力，他只能去模仿别人，很难百分之百确定写完的稿子一定能通过审核，挣回来钱。”这是在自由撰稿初期葛亚坤的焦虑。

后来随着撰稿能力的不断提升，稿子能否通过审核的焦虑减少了，但怎么去平衡理想与商业的关系，又成了他新的焦虑。就像他认识的一个畅销书作家，之前写商业性的悬疑科幻小说，在市场上卖得很好，现在想转茅盾文学奖的严肃小说风格，写了几十万字，市场反响却一片惨淡，于是不得不重新回去写商业小说，但那并不是他真正想写的东西。对一个写作者来说，诸如此类的问题常常困扰着他们，葛亚坤认识的很多编剧、导演和畅销书作家，也每天都在为这些事情而焦虑。

在“讲书稿”写作的收入稳定后，如何平衡理想和现实、商业与个人喜好，也成了葛亚坤写作生涯中新的焦虑。就像当初一边准备考研一边自由撰稿时的力不从心一样，“一个阶段只能做好一件事情”的“魔咒”再次折磨着葛亚坤。

很长一段时间里，他不知道怎么分配写小说和稿件的时间，以及如何给自己制定每个月到底要挣多少钱的标准。“我每多工作一小时就可以多挣几百块，每个月再多工作几天，可以再多挣几万块。如果不给自己设限，我可能会深陷这种无法满足的状态，一天工作十几个小时还不够，最后把自己弄崩溃。”两天读完一本书，一天写完一篇8000字左右的“讲书稿”，这个工作强度对葛亚坤来说还是太高。葛亚坤曾经因为这样的工作强度崩溃过，虽然最勤奋的时候一个月挣到了6万元稿费，但他也因此把自己送进医院，辛苦挣到的稿费又大把大把地交给了医院。

这就是葛亚坤2018年的生活和工作状态，看上去不上班的生活反而比上班时更累。但他深知长期从事“讲书稿”写作不会成为常态，他始终记得自己辞职写作的初心——成为一名优秀的悬疑小说家。为此，他给自己定下了期限：通过一两年的时间成为一名专业的“讲书稿”撰稿人，攒到一些钱后专职写小说。“比较理想的状态是三年后可以靠小说盈利，比如通过出版或影视改编赚钱，或者已经有了稳定的读者群。如果三年后还没有达到当初给自己立下的标准，就会考虑重新上班。”

2019 年是葛亚坤辞职写作的第三年，距离自己当初定下的最后期限越来越近。2018 年年底，他在靠“讲书稿”写作赚了 30 万元后，决定离开这个行业，全职写他心心念念的悬疑小说。做出这个决定并不轻松，它意味着收入的骤减，也意味着生活再次陷入不确定之中。但最让他焦虑的却是写了两年“讲书稿”后，他的写作思维已经固化了，重新找回写小说的状态变得十分艰难。

全职写小说后的半年里，他虽然完成了三四部长篇小说，却没有一部让自己满意。有时他会把写完的小说给女朋友看，得到的评价总是不高。“很怀念 2017 年年初状态好的时候，写出来的小说豆瓣编辑和我自己都觉得比较好，他们也会帮我在豆瓣上推荐。”他说，“可能是过去两年‘讲书稿’的写作让我太疲惫了。”

为了尽快调整回写小说的状态，他开始规范自己的生活作息，却发现越晚睡越有灵感，于是作息不得不再次被打乱，常常写小说到凌晨两三点。“我现在意识到靠写作挣钱的困难程度了。”葛亚坤略显无奈地说。

“是写作挣钱困难，还是只写小说挣钱困难？”我问他。答案是后者。如果葛亚坤在写小说的同时，还写一些其他类型的稿件维持生计，挣钱并不是多困难的事。但坚信“一个阶段只能做好一件事情”的他，一直在跟自己较劲儿。他想写出一部被市场认可的悬疑小说，这个渴望太过强烈，以至于那个阶段的他，除了写小说做不了其他任何事情。

这样过于理想的写作者，葛亚坤身边还有很多。“我有一个朋友，之前是我在豆瓣阅读的编辑，去年他回老家全职写北漂伤痕文学，你猜他 4 个月的收入是多少？”葛亚坤顿了一下，没等我回答就接着说，“1000 元。”

在外人看来，这类写作者的举动也许令人难以理解，但在这个浮躁又急功近利的互联网时代，确实有这样一群写作者，还在为自己的理想过着贫苦的日子。他们不是没有选择，而是在诸多诱惑之中，选择了忠于自己内心最初的梦想。“创作自己的故事，是一件很有成就感的事情，这些是金钱不能衡量的。”为了这种成就感，葛亚坤仍在艰难地寻找着写小说的巅峰状态。“明年 7 月之前，如果还写不出满意的作品，我就找个清闲点的工作，一边上班一边继续写小说。”采访的最后，他这样告诉我。

我和很多人一样，期待着葛亚坤的理想照进现实的那天到来。

摇摆舞老师 Lucy & 小星

在上海，掀起摇摆狂潮

| 初识摇摆 |

3 月的上海总在下雨，长时间在家写稿的我，几乎宅到要自闭。“必须找点儿工作以外的事情做做了。”某天，我看着窗外阴沉的天空告诉自己。很自然地，我想到了跳舞。曾经在朋友圈看过一位朋友分享的摇摆舞视频：一群男女穿着 20 世纪 20~50 年代的复古服装，在爵士乐的伴奏下即兴舞蹈，他们的舞步轻盈欢快，每个人脸上都洋溢着自然的微笑。这给喜欢复古文化的我留下了深刻的印象。

“就是它了。”我开始在网上查找上海的摇摆舞教学信息，因此知道了“Downtown Swing”，也因此认识了这个组织的创始人小星和 Lucy。在参加完周五的体验课后，我正式成为小星和 Lucy 的摇摆舞学生，也因此了解到更多他们教摇摆舞背后不为人知的故事。

对于喜欢摇摆舞的人来说，它是一种“精神鸦片”。不喜欢它的人，

可能在舞会的第一天就会扭头离开；喜欢它的人，会像上瘾般一直钻研下去：新的舞步、新的技巧、新的知识……无论是一个摇摆舞新人，还是拥有多年舞龄的资深舞者，他们对摇摆舞的探索永无止境。哪怕是已经当了两年全职摇摆舞老师的小星和Lucy，也依然会每年在国内外参加各类摇摆舞大师课，进行学习和进修。

小星仍然清晰地记得第一次跳摇摆舞时的感受：“以前也没尝试过其他舞蹈，但是跳摇摆舞的时候就特别想笑。”那时的小星，还是一个有着十几年工作经验的通信工程师，弯腰的时候手指都碰不到地板。但莫名地，他就被这种欢快的舞蹈吸引了。

那是在2015年，摇摆舞刚刚在国内各大城市生根，大部分舞会需要靠上班一族的爱好者利用业余时间组织，经常因为各种原因被取消，组织者和场地也一直在变。每场舞会上最多只有二三十人。为了尽可能多地学习摇摆舞，小星不仅频繁地参与上海的每一场活动和舞会，还会在出差时参加当地的摇摆舞会和大师课，并在网上密集地浏览摇摆舞视频。在很长一段时间里，他都因为高度兴奋而处于失眠的状态。

“晚上根本睡不着觉。”小星说，有时他会整晚整晚地听爵士乐，听到兴奋处，就从床上爬起来跳舞，耳朵里塞着耳机，脑中想象着舞伴，就这样一个人在房间里一跳就是两个小时，直到尽兴了才回到床上继续睡觉，第二天清晨，再拖着疲惫的身体去上班。有一次由于出差的缘故，他已经一周没跳摇摆舞了，当他再一次去参加舞会，听到熟悉的爵士乐响起时，眼里不禁溢满了泪水。

“那个时刻我就知道，我是爱摇摆舞的，我也爱摇摆爵士乐。”两年后，小星在自己的微信公众号里回忆了当时的场景。

如此让人上瘾的摇摆舞究竟是怎样一种舞蹈呢？它起源于 20 世纪早期的美国黑人社区，名字里的“摇摆”指的是摇摆爵士乐的曲风，而不是身体的律动。作为一门社交舞种，它没有严格的动作规范，也用不着循规蹈矩，人们只需掌握一些常用的组合动作，就可以在舞会上跟着爵士音乐即兴发挥。

1920—1950 年是摇摆舞最兴盛的 30 年，它第一次在美国打破种族隔离，让白人和黑人可以一起跳舞。摇摆舞文化里蕴含着平等开放的精神：无论男女老少，不分国籍肤色，都可以在摇摆舞会上邀请任何人跳舞，当然，也可以礼貌地拒绝任何人——这种摇摆舞文化一直延续至今。

2000年年初，这种开放的舞蹈传至中国，一开始，人们是十分含蓄的。这种含蓄表现为：人们只敢在舞会的角落远远观望，而不敢主动上前邀请别人跳舞。刚开始接触摇摆舞的Lucy也是如此。她还记得自己第一次参加舞会时，由于害羞而选择了静静在一旁观看，暗自在心里决定：我要学习这门舞蹈。直到Lucy上完了几门课程，才敢真正在舞会上邀请别人跳舞。那段时间，她经常在舞会上遇见一起学摇摆舞的同班同学小星。

“刚开始小星带着我，不知道在跳什么，但就是很开心，我能感受到他也很兴奋。”

一直想学习一门语言的Lucy发现，摇摆舞也是一种语言——肢体的语言。人们在跳舞时可以利用肢体去进行沟通。“我们和陌生人第一次见面时，可能会在心里觉得‘我跟你不熟’，‘我也不了解你的背景’，所以讲话的时候顾虑很多。但是如果你会跳摇摆舞，我也会跳摇摆舞，那我们一旦到了舞会上，就很容易打开心扉去进行交流。通过摇摆舞拉近人与人之间的关系，是一种健康持续的社交方式。”此后，上海的各类摇摆舞活动中，常常能看见小星和Lucy一起搭档跳舞的身影。

2015年，由于上海的摇摆舞会和教学都靠一些兴趣爱好小组有一搭、

✚ 小星和 Lucy 在舞会上

没一搭地组织着，因此流失了很多摇摆舞爱好者。在这样的背景之下，小星和 Lucy 成了一起学习摇摆舞的同学中唯一一对坚持跳到最后的搭档。几乎每一场舞会，他们都会在舞池中央情绪高昂地跳个不停。

直到有一次，有人问他们："请问你们的课程在什么时候？"他们才惊讶地发现，原来一直有人以为他们是摇摆舞老师。一开始，他们并没有把这件事情放在心上，毕竟两人都有稳定的工作。但随着建议他们开课的人越来越多，他们的内心也开始动摇："要不然，先兼职开课试试？"上海 Downtown Swing 的萌芽，从这里开始。

工程师和审计教跳舞？

一个通信工程师和一个审计要开课教跳舞？职业身份的巨大反差，让小星和 Lucy 心里很没底。

“一个写代码的要出来教人跳舞，听上去挺不靠谱的。而且我们没有舞会，怎么招生呢？”小星自嘲。吸取了国内外大部分摇摆舞教学的精华，提前四五个月备好课后，2017 年 5 月，他们做了一张简单的宣传单，提着个小音箱就去大街上跳舞招生了。

“当时我们在一个地方跳了半天，也没有一个人来扫码。大家就远远地看着这群人。直到我们又换了人流量比较大的地方，才开始有人跑过来扫码。”小星回忆，那天他们在马路上跳了一下午，累得不行，只招到了一个学生。后来他们又通过在网上发帖的方式陆续招到了一些学生，开始了第一次教学。

那时的小星和 Lucy 虽然已经学习了两年摇摆舞，可上海有很多有舞蹈专业背景或资历更深的摇摆舞老师，虽然大家都是兼职的状态，但对比在所难免。兼职教学初期，他们的很多课程都招不满学生。如何让更多人信任没有舞蹈背景的他们，成了兼职初期最大的困难。

他们开始频繁地参加国内外各种摇摆舞的培训和比赛，一边进一步提升实力，一边通过在比赛中拿奖证明自己。随着他们在一些国际权威比赛上拿到的奖项越来越多，学生也开始越来越信任他们。再加上他们开始在 Teamo 酒吧每周二和周五定期举办摇摆舞会，跟着他们学跳舞的学生也开始慢慢变多。2017 年 10 月，难以同时兼顾工作与摇摆舞教学的 Lucy 选择了辞职，开始全职从事摇摆舞推广的工作。

小星近年摇摆舞比赛成绩	Lucy近年摇摆舞比赛成绩
2016年 美国Swing Smackdown in Dayton随机搭档公开组open Jack and Jill进入决赛	2016年 长城摇摆Great Wall Swing Out 随机搭档公开组 Open Jack and Jill进入决赛
2016年 北京STB中国林迪舞锦标赛 随机搭档公开组open Jack and Jill进入决赛	2017年 成都MalaSwing比赛 随机搭档Open Jack and Jill 冠军🏆 first prize
2016年 长城摇摆Great Wall Swing Out 随机搭档公开组open Jack and Jill进入决赛	2017年 杭州Duanqiao Swing比赛 随机搭档公开组Open Jack and Jill 冠军🏆 first prize
2017年 北京BeijingBluesBash 布鲁斯舞随机搭档公开组季军🥉 Blues third prize	2017年 杭州Duanqiao Swing比赛 随机搭档邀请组Invitational Jack and Jill 冠军🏆 first prize
2017年 北京STB中国林迪舞锦标赛 固定搭档组open strictly季军🥉 third prize	2017年 北京STB中国林迪舞锦标赛 固定搭档组open strictly季军🥉 third prize
2018年 北京STB中国林迪舞锦标赛 随机搭档公开组open Jack and Jill 冠军🏆 first prize	2017年 北京STB中国林迪舞锦标赛 随机搭档组open Jack and Jill 亚军🥈 second prize
2018年 北京STB中国林迪舞锦标赛 随机搭档高级组advance Jack and Jill 进入决赛	2018年 韩国Bluesweet 布鲁斯舞随机搭档组Open Jack and Jill 季军🥉 third prize
2018年 北京STB中国林迪舞锦标赛 固定搭档公开组 open strictly冠军🏆 first prize	2018年 北京STB中国林迪舞锦标赛 固定搭档公开组 open strictly冠军🏆 first prize
2018年 北京STB中国林迪舞锦标赛 固定搭档高级组 advance strictly亚军🥈 first prize	2018年 北京STB中国林迪舞锦标赛 固定搭档高

"我喜欢给别人带去快乐，我的性格里面有这样一种东西存在。"Lucy 说，审计的工作比较枯燥严肃，她的同事曾反馈她更适合做活泼点儿的事情。直到遇见了摇摆舞，她才知道那个更适合自己的"活泼点儿的事情"是什么。

2017 年年底，小星和 Lucy 已经积累了接近 100 名学生。组织完上海第一届林迪舞节（Lindy Hop 是摇摆舞中最受欢迎的风格）后，身体透支的小星也决定辞掉工作，开始全职从事摇摆舞教学。

"家里知道后疯了。"一开始，小星没想过告诉家里，直到上海居委会打电话给他的妈妈："你的儿子没工作了，要不要推荐再就业？"这件事情才再也瞒不住（小星是上海人，上海居委会会定期登记失业人口，进行再就业推荐）。

"这个没法解释，好好的通信工程师不做，为什么突然跑去教别人跳舞？家里人直到现在也不理解，他们一直觉得我是被公司裁掉的。”

相似的经历也发生在 Lucy 身上。2018 年 7 月，Lucy 和小星前往瑞典斯德哥尔摩的小村庄 Herrang 参加为期 5 周的摇摆舞训练营。出发前 Lucy 告诉家人“我请年假出去玩两周”。两周后，家里人发现经常联系不上她，便打电话到 Lucy 的前公司，才得知 Lucy 已经离职很长一段时间了。

“我们后来通过电话聊了很久，他们没办法理解，觉得我大学四年学的审计，工作四年也是做审计，我的人生就应该一辈子做审计，没有别的选择。后来我请求父母给我一年时间，我就试试，试完了再重新找工作。”但她心里想的其实是要一直做下去。

“我想做这个事情，就算得不到家人的理解，我也会坚持做下去。人生还是很短暂的，不能完全按照父母给你安排好的路线走。我们每个人都应该有自己的选择，用自己的方式去认识这个世界，或者开发一些潜能。”Lucy 在心里这样告诉自己。

| 更长的工作时间与更少的收入 |

截至 2019 年 5 月 17 日，小星和 Lucy 创立的 Downtown Swing 已经两周年了。在两周年的庆祝舞会上，小星展示了一份 PPT：

过去两年，他们从未间断地举办了 180 场舞会，组织了 2 届上海林迪舞节，上了 100 多节零基础体验课……这些数字背后代表的是：过去 2 年，他们投入了比以前全职上班时更多的时间精力。

曾经有朋友羡慕小星不用上班，每天晚上跳跳舞就有收入的生活。似乎不用跳舞的白天，他都是自由的。实际情况却是，白天他仍在一刻不停地工作：编辑 Downtown 微信公众号的文章，处理微店和微信上学员们的线上咨询，研发新课程，和 Lucy 去舞蹈教室备课，为各种活动做沟通准备……所有这些事情把他和 Lucy 的白天排得满满当当。到了晚上，他们又要赶去教课和参加舞会。摇摆舞老师、舞会组织者和摇摆文化推广者的多元身份，让他们在不同角色之间来回切换。现在，他们的世界里除了摇摆舞，再无其他，以至于生活中连和朋友见面的时间都没有。

“曾经有一个很久没见的朋友约我，最后我们约的是吃早餐，因为中午和晚上都没时间。”小星略感无奈地说。以前做通信工程师，大部分时间与电脑打交道。现在做摇摆舞老师和舞会组织者，每天都要与不同类型的人打交道，一天结束后，回到家中的小星常常累得一句话也不想说。Lucy 也一样，如果有休息的时间，她会选择一个人独处恢复元气，不再见人。

也许有人会说：这样高强度的工作，收入一定很不错吧！现实却是："一年下来的收入和我之前上班的收入比，减少了1/4。"小星说，这些收入基本全部用在了去韩国、瑞典各地参加摇摆舞活动和学习上，所以一年到头他的银行账户的钱反而更少了。

"幸亏工作那么多年还有些积蓄。"成为职业摇摆舞老师一年后，小星在自己的公众号里写道。

为什么会这样呢？

小星和Lucy每周二和周五在静安寺附近的Teamo酒吧举办常规舞会，门票分别是每张50元和60元。这笔收入大部分都给了酒吧老板，用以支付每月8万元的高额房租——即使这样，Teamo酒吧每个月仍是亏损的。因为这家酒吧专为跳舞的人而设计，只在晚上营业，因此营业压力很大，老板不得不做点别的事情补贴酒吧的开销。

"我和Lucy有时候会给老板打气，希望他能够坚持下去。"小星说。

而小星和Lucy组织的大师课，由于要支付大师们的行程费用和课时费，好的时候他们能盈利几千元，差的时候甚至能亏损上万元，所以总体来说也是亏损的。那么小星和Lucy主要的收入来源只剩下常规教学课了。

小星曾经算过一笔账：1.5个小时的课程每人交纳110元，如果有8

个人报名，每个人的时薪接近 440 元，但扣去租用舞蹈教室的费用，再算上他们自己租教室备课的时间后，平均下来每个人的时薪是 64 元。

“工作量比以前增加了两三倍，收入却明显减少了。”这是全职教摇摆舞一年后，小星和 Lucy 的状态。

“要问我对现在的生活状态是否满意，肯定是不满意的。”完全没有业余时间这件事情，让原本喜欢慢节奏的小星有些无法忍受，“别人是‘996’，我们是‘007’”。

“去年，小星的膝盖和脚踝因为跳舞受伤了。医生说两个月不运动，脚伤会好的，但我们就是没时间休息。”采访途中，Lucy 告诉我。为

✚ 小星在教学

了减少伤痛的发作，小星只能在受伤期间减少在舞会上的运动量，上课时尽量让 Lucy 演示。

“跳舞对我而言就像吃饭一样，你不吃饭就会有一种恐惧，担心自己还能不能活下去。”小星说，伤病对任何一个从事运动类工作的人来说，都是职业生涯中最大的风险。

| 注定小众的摇摆舞 |

这几年，随着各大城市摇摆舞组织者们的积极推广，喜欢并开始学习摇摆舞的人数迎来了一次小规模增长。2015 年至今，上海的摇摆舞会已经由不定期举行的零星舞会，发展成了定期举办的常规舞会。参加舞会的人数，也由原来的二十几人，发展到了上百人。但总的来说，摇摆舞仍是小众的，小星和 Lucy 也意识到了这一点。

喜欢复古文化的人数量有限，即使能和舞蹈跨界，摇摆舞也注定是一门小众生意。但小星和 Lucy 并不想把它当作一门生意去运营，因而也没有考虑它在未来的发展潜力。相比之下，他们更想宣传摇摆舞背后的文化，为喜欢摇摆舞的人建立一个有归属感的社群。

“我们的很多学生学完摇摆舞后，生活发生了天翻地覆的变化。”小星告诉我，有些学生之前很宅，也很内向。但喜欢上摇摆舞后，他们每周都会去舞会跳舞，不仅认识了很多同样喜欢跳舞的朋友，还积极参与到他们组织的每一场活动中。

“我们更像在做一个社群。”小星说。

随着 Downtown Swing 组织的发展壮大，不少学生参与到了小星和 Lucy 的工作中去，他们会去帮忙做零基础教学、排版公众号文章、做舞会的志愿者，也有越来越多的学生有机会参加商演活动。

“去年我们有同学在国际的摇摆舞比赛上拿了奖，这在上海摇摆舞圈是很少发生的事。”小星说。一个独属于上海摇摆舞者的社群正在逐渐成熟。“你跳几个月摇摆舞，就能认识上海大部分摇摆舞者，再跳一年，全国的摇摆舞者也认识了，再跳几年，全亚洲的也认识了。”小星调侃道。

这大概就是那么多人对“摇摆舞”上瘾的原因之一吧。它不仅是一种小众舞蹈，更象征了一种开放包容的文化和社群。身处其中的每一个人，都能够在钢筋水泥建造的城市里，找回最原始、最简单的快乐，以及陌生人之间久违的情感连接。

手机摄影培训师佟海宝

另一种成功，尝遍世间精彩

教别人用手机拍照也能成为一种职业吗？在移动互联网兴起以前，可能没人相信有人能靠手机摄影养活自己。但随着移动互联网的出现，新的通信技术的问世，各大手机厂商对手机摄像技术的改进与竞争，越来越多的人开始拿起手机，用照片记录生活，人们对“拍出一张好照片”的需求也开始与日俱增。

2017 年，30 岁的佟海宝意识到了手机摄影市场的变化，他抓住了时代的机会，成为首批进入手机摄影培训领域的摄影师之一。然而每个人的人生经历都是独一无二且不可复制的，很多时候，我们无法从一个人的成功经历中获取百分之百行之有效的参考方案，但通过每个人平凡又不凡的经历，我们也总能收获些什么，让你在迷茫的人生十字路口，更快地想清楚下一步该怎么走。

“要不要把兴趣变成工作？”相信这是大部分上班族思考过的问题。一方面，很多人高估了自己对兴趣的热爱程度；另一方面，他们又害怕当兴趣变成工作，他们连兴趣都会失去。那些成功把兴趣转变成工作的人是如何做到的？

这篇文章记录了佟海宝人生中的3次转折，这3次转折像他人生章节中的一次次伏笔，经过多次铺垫，生活终于让他在30岁这年，成功把兴趣变成工作。

| 转折一：一眼望得到头的生活不是我想要的 |

在很多社交网络公共平台上，佟海宝的名字后面常常带着这样一串标签：独立手机摄影师 / 中国图库签约摄影师 / 原新精英市场总监。从这些身份标签中，很难想象他曾经是一名体育师范生，和文艺完全搭不上边。

曾经疯狂迷恋各种体育运动的佟海宝，从初中开始就是体育生，大学时他报了当时全国最新潮的专业——速度轮滑。由于体育学院的学业无聊，大三那年，闲不住的佟海宝向家里借了两万五千块钱，和室友跑去山东淄博合伙开了家轮滑鞋专卖店。但由于两人年纪尚小、经验不足，这家店开得十分坎坷，最后以店铺被盗，还差点被骗进传销窝点告终。这是佟海宝人生中第一次创业，并不成功，却给他上了印象深刻的一课。

2009年，佟海宝大学毕业，有一份重点高中体育老师的工作机会摆在他面前，却被他拒绝了。“我虽然是学师范专业的，却非常不想当老师，因为可以一眼看到20年后的自己，我不要一成不变的人生。”佟海宝说。毕业那年，他选择了“北漂”。

刚到北京时，他住在西北五环外的出租房里。10平方米空间内住着三个人，没窗户，没厕所，一个月房租200块。他领着1300元的月薪，吃着5块钱一餐的路边摊，每天花一个半小时上班。大部分人想象中“北漂”要经历的艰辛，佟海宝几乎都经历了，但他并不觉得苦。因为走出小地方，来到大城市的兴奋感压制住了这一切。“我觉得我看见了更大的世界。”后来进入职业生涯畅销书作家古典创办的新精英公司从事市场营销的工作，也完全是歪打正着、意料之外的事情。“永远不知道明天会发生什么，你会遇见谁，被什么机会砸中”，这大概是每一个梦想北漂的年轻人当初选择背井离乡的原因之一。

2010年，佟海宝被古典在新浪博客上发表的几篇文章吸引，于是主动发私信询问对方是否招人。那时的新精英还是一家刚刚创立两年左右的公司，团队一共只有5个人，办公地点在一栋商住两用楼里，公司主要靠古典讲课赚钱。而即使是一支规模如此小的团队，佟海宝当初面试也花了近一个月的时间，前后共面试了四轮。面试到第二轮的时候，他就认可了这家公司的价值观和理念，拒绝了其他面试机会，一心只想加入这个团队——虽然作为一名体育师范生，他之前没有任何市场营销相关的工作经验。

新精英的理念是“帮助30%的中国人成长为自己的样子”，推崇做自己和自己想做的事，这是当初吸引佟海宝加入的主要原因之一。“他们是抱着影响这一代年轻人的心态在做教育行业，我觉得这个做大了以后是长久事业，也是件功德无量的事。”佟海宝说。他最终顺利加入了这支团队。2010—2017年，从只有5个人的团队到50多人的公司，从一个什么都不懂的市场小白到市场总监，佟海宝在这家公司一做就是6年多，几乎把市场部门要做的事情全做了一遍。

一边和一群有趣、会玩的人一起做着自己喜欢的工作，一边利用业余时间培养兴趣爱好，并得到了一定回报。这是当初那个在“留在东北当体育老师”还是“北漂找工作”两者之间做出选择后的佟海宝迎来的人生中的第一个转折点。

| 转折二：把时间花在兴趣上，我从来不觉得累 |

佟海宝是一个兴趣广泛且闲不住的人，来到了梦寐以求的北京，自然不想把工作外的时间浪费在10平方米不见光的出租房里。虽然平时上班很忙，每天两点一线，佟海宝还是尽可能利用下班后的时间，挖掘和培养自己的兴趣爱好。在他看来，北漂的生活可以很无趣，也可以很精彩，生活究竟是有趣还是无聊，归根结底，还是看过日子的那个人选择以哪种方式度过闲暇时光。

为了避免生活的底色太过苍白，佟海宝始终对世界抱有探索的激情和好奇心。

他写公众号。在北京工作后，他发现身边大多数人生活都很无趣，周末宅在家里，生活中认识的人除了同事就只有房东和中介。不想过这种生活的他建立了一个微信公众号“北京沙龙”，利用每天下班后的一小时进行编辑整理，推荐一些北京地区有意思的线下活动，一直坚持做到了今天。

他学摄影。在月薪还只有 1300 元的时候，他就办了一张信用卡，分期付款买了一台 3200 元的单反，每个周末都带上相机去不同的地方拍照。从此爱上摄影的他，不论去哪里都带着相机，到现在拍了近 10 万张照片，电脑里的照片几乎有 150G。

他去旅游。2011 年的某天，古典在办公室问有没有人想和他一起去尼泊尔徒步，那时还没有出过国的佟海宝第一时间就报名参加。结果那次旅行几乎花光了他一年的工资。他背着 15 公斤的包爬了 7 天，第一次登上了海拔 4000 米的高峰，拍了几千张照片。

回国后，佟海宝花了一个多月整理照片，撰写尼泊尔之行的游记，最后发表在了旅游平台马蜂窝上。没想到这篇游记很快就被推荐到了马蜂窝首页，阅读量突破 50 万次，不少网站、杂志联系他合作与约稿。他的照片和文字第一次变成铅字，并且拿到了远高于工资的 3000 元稿费。这给

+佟海宝在尼泊尔拍的手机摄影作品

了佟海宝很大的鼓舞："我第一次意识到，原来兴趣爱好也可以做得很好，并带来额外收入。"

从那以后，他一发不可收拾地爱上了登山与旅游，开始利用每个周末进行短途旅行，几乎把工作以外的所有时间和金钱都花在了旅游和摄影这两件事上：他登上过非洲最高峰乞力马扎罗山，在南太平洋跳海看过鲨鱼，在斐济 3000 多米的高空玩过跳伞……至今为止，他一共走过国内 27 个省份，以及七八个国家。

除了旅行和摄影，他的业余时间还被其他兴趣填满。他想学画画，就报名了一个月的素描课，坚持每天一幅画；他想体验匠人精神，就去木工学校学习做木勺子；他想学一门乐器，就花 1000 块报名参加了非洲鼓培训班；他想出书，就开了个人公众号"卷毛佟"，并坚持更新到了今天……

一个人的精力毕竟有限，我好奇他如何在工作之余抽出这么多时

间去培养兴趣爱好，并且能长期坚持下来而不感到厌倦。得到的答案是：“一个人在做自己感兴趣的事情时，是不会感到累的，最多是身体上的疲劳，精神上却很满足。”和许多上了一天班回到家后只想“葛优躺”的人不同，佟海宝几乎很少刷剧、打游戏，工作的这些年，他把下班后的时间全部献给了兴趣。

我想起之前在工作中采访过的一个高级工程师，当我问他“高强度的工作压力下，如何平衡工作与生活”时，得到的答案是：“只有把工作当成公司的事时，才需要去平衡。如果把工作当成自己的事，并且做的就是自己喜欢的事情，是完全不需要平衡的。”当时这段话给我留下了非常深刻的印象。所以在很多人看来“下班后还要写文章、学画画、学摄影一定很累”这件事情，对佟海宝来说却是一种享受，因为他发自内心地喜欢着他做的每一件事。

如果说当初“北漂”的决定使佟海宝看见了更大的世界，那么出国旅行，又使他看见了北京以外更大的世界。“旅行给我带来的最大帮助，是发现人有很多种不同的活法。所以我不想安稳地把一件事情从头做到老，或者一种生活状态过一生。”佟海宝说。

| 转折三：我更喜欢另一种成功，尝遍世间精彩 |

2016 年是佟海宝工作的第八年，在新精英工作的第六年，也是他即将迈入 30 岁的而立之年。那一年，他发现自己在熟悉的工作岗位上已经找不到激情了，市场部的每一块工作都是他从 0 到 1 做起来的，已经没有什么挑战，他也非常不喜欢那种停滞不前的状态。“我总觉得 30 岁的人生应该更丰富一些，趁着还没有结婚，没有太多负担，我想在组建家庭前再挑战自己一次。”

于是他花了一段时间去考察餐饮类的创业项目，考察的结果是：这个行业并不适合自己，但还是在机缘巧合之下进入了一家想转型互联网的餐饮公司，担任市场部负责人。但这份工作他仅仅坚持了 10 个月，就意识到自己做得并不开心，因为这并不是他真正喜欢的事。那个阶段，他利用业余时间运营的微博、微信等平台上已经积累了一定数量的粉丝，平时他会上传一些自己的摄影作品在这些平台上，时间久了，陆续有粉丝向他请教一些手机摄影技巧。

一开始，佟海宝只是一对一地解答，直到有粉丝提到“你的手机照片拍得这么好，能不能开课教教我们呢”，他才意识到手机摄影培训的市场需求。正巧 2016 年是知识付费元年，人们的生活水平都在提高，对生活美学的追求也在逐渐提升。那时国内一、二线城市已经有了在线学习的环境，人们可以在网上学习很多东西，比如插花、做甜品、服装搭配等，而手机摄影也是生活美学的一部分。

佟海宝观察到日常生活中，很多人已经开始放弃单反，改用手机拍照。一些手机厂商也开始纷纷推出像素更高、拍照功能更强大的产品。但大部分人对于手机能拍出怎样的照片并没有一个清晰的概念，即使手里拿着摄影功能最强大的手机也拍不出好照片，于是就有了学习的需求。

看好手机摄影这一垂直细分领域的佟海宝，开始利用下班后的时间整理自学摄影这些年积攒的经验和技巧，将它们开发成线上培训课程，前前后后共花了近半年的时间。“我当时的想法是，如果第一期课程招生超过 100 人，收入可以和现有工资持平，我就辞职自己干。”结果第一期课程佟海宝就从自己的公众号和朋友圈招到了 200 多名学员，收入是在公司上班时的两倍多。于是在第一期课程结束，第二期依旧顺利招到了 200 多名学员的情况下，佟海宝向公司提出了离职，正式成了一名做手机摄影培训的自由职业者。

成为自由职业者的他，把所有心思都放在了手机摄影培训上，很长一

佟海宝的部分手机摄影作品

段时间里，他几乎没有娱乐生活，生活和工作完全融为一体。2017年，他面临过几个焦虑阶段："刚开始有一个阶段，招生量上不来，收入变少了，就每天都在想怎么扩大招生和影响力。这种焦虑会直接推动你去想办法，去行动。因为在北京有生活压力在那里放着，所以自由职业者的焦虑可以马上变成动力，你如果不想解决或逃避焦虑，马上就没有收入了。"

第二个阶段，佟海宝摸索出了一套稳定的流程和运营模式，也知道做哪些事情有收入来源，如何分配精力去做一些新的尝试。但人的欲望会不断增长，原来一个月赚两三万元可能觉得不错，但接触了一些每个月赚十万元甚至二十万元的人后，他对自己的要求和目标也会不断增长。“我觉得这是个好事，给自己一个向上和前进的动力，如果总觉得一个月赚两三万还不错，就会慢慢变得很平，而平的结果就是开始走下坡路。”

除了收入上的焦虑，每天给学生上课，反复讲一些重复性的内容后，佟海宝开始感到枯燥。“因为原本兴趣只是你生活的调剂品，如果你把它变成生活的必需品，就会多出很多杂七杂八的事来。所以我在面临这样的问题时，会去寻找新的刺激点。”他开始不断尝试开发新课程。比如一开始的课程定位是零基础，教一些“小白”摄影，教得很熟练后，再去研发进阶课程。“这对我的要求也增加了，需要我去学习新的东西，实现技能上的提升。”

佟海宝说，兴趣其实是有阶段的。很多人说自己“对一件事情有兴趣”可能只停留在“感兴趣”阶段。比如很多人对唱歌感兴趣，但是并不会唱。兴趣再往上是乐趣，因为对这个事情感兴趣而去学了相应的课程，并感到很快乐。比如喜欢弹吉他，就去学习了吉他，每次弹吉他都很开心。乐趣再往上是志趣——志愿自己的一生都投入到这件事情上，因为它给自己带来了很大的满足。

“这就像一个金字塔，在兴趣里找出你愿意花时间去做的五六个，而能培养成乐趣的一个人一生中可能也就有一两个。”

2018 年 3 月，佟海宝继知识付费后，再次抓住了另一个流量风口——

抖音短视频。通过每天在抖音上分享手机摄影教程，他在10个月的时间内收获了400万粉丝，视频播放量超过3.5亿次，成了抖音摄影类的头部账号，他紧接着又开办了“短视频入门指南”系列课程，进一步拓宽了自己的课程门类，并成功在网上打造了自己的个人品牌。

从那以后，中国移动、中国银行、国家电网等大型公司纷纷邀请他作为他们的线下课程培训讲师，CCTV1生活圈栏目、CCTV经济信息联播、上海卫视、36氪等媒体平台也纷纷对他进行了采访报道。可以说2018年是佟海宝事业爆发的元年，他的生活变得更加忙碌，年收入也由原来的15万元变成50万元。

到2019年，他已经独立开发了多门手机摄影课程，与多家大型企业达成了稳定的培训合作，培训付费学员超过10万名，收入也比上班时高出了很多倍，并出版了自己的第一本手机摄影类图书。但这并不是他自由职业的终点：“我希望我的人生必须精彩，可以不用功成名就，但是一定不能太苍白。”

就像2016年在新精英的“做自己”论坛上，佟海宝说的那句“我更喜欢另一种成功，尝遍世间精彩”一样，从事自由职业以后，他的人生多出了更多可能性，每天醒来都有新的未知事物在等待着他，生活仍会继续，精彩也会一直继续。

整理收纳师舒安

用整理重拾人生的掌控权

2018 年年底，我在上海组织了第一场自由职业者的线下聚会。在现场，有一个自由职业者的工作内容引起了很多人的关注。

“还有这种职业？”“具体做什么的？”“怎么收费？”这个引起大家强烈好奇的职业是整理收纳师。那是我第一次听说这个职业，自然也感到无比新奇。原来，帮别人整理衣橱也可以成为一份工作，我对整理师有了初步的认识。

2019 年年初，很凑巧，我在网上认识了另一位整理师舒安。她已经从事整理咨询服务工作 3 年多了，目前是海南地区的首位全职整理收纳咨询师，也是国内第一批系统学习整理的整理师之一。30 岁那年，舒安辞去了工作，因为买房背负了一些债务，深陷迷茫与危机之中。那一年，是整理拯救了它。在日复一日的整理中，她的焦虑情绪得到了缓解，渐渐找回了人生的掌控权。

也许在外行眼中，整理是家庭主妇和家政服务人员就可以轻松完成的工作。但在今天的国内一线城市，整理师早已各成流派和体系，成了一种涉及心理疗愈和关系疏导的新兴职业。作为国内第一批从事整理咨询行业的整理师，舒安的经历也许是这个行业发展历史的最好见证。

| 一事无成的 30 岁 |

整理师是一个怎样的职业？网络上常见的解答是：整理师作为一个媒介，将客户的负能量导出，重新迎来正能量，负责为物品、环境、思路、规划等方方面面不够清晰的需求者提供帮助；在工作中通过协调物品、人、关系，以实现平衡。简单点儿说，就是“通过整理，重新梳理人与物、人与人、人与自己的关系”。所以很多时候，整理师除了要对空间进行收纳整理，还要跨界学习心理学、哲学等不同领域的知识。

整理师这一职业出现于 20 世纪的美国，随后逐渐在日本、韩国等亚洲国家进一步发展，诞生了不少民间自发的整理协会和整理流派。目前在国内比较耳熟能详的两位整理师均来自日本，一位是《断舍离》的作者山下英子，另一位是《怦然心动的人生整理魔法》的作者近藤麻理惠。大部分国内的整理师，都受这两位前辈的影响走上了整理之路。比如有“中国整理界第一人”之称的韩艺恩，就是在网络上读过近藤麻理惠的心动整理法后，“感觉自己的人生被点亮了”。

相似的经历也发生在舒安身上。30岁那年，她从一家房地产公司辞职，不仅没想好下一份工作要做什么，还借钱在海南贷款买了一套房。当时她正好遇到了一个机会，海口的楼盘有一个政策可以分期首付。跟着看房团看了很久房子后，舒安找亲戚朋友借了一部分钱，加上自己的积蓄凑够了首付，买了现在的房子。然而买房半年后，她就离职了。

房地产行业向来高压，长期熬夜加班让舒安身心俱疲。“每天都在加班，从早上6点一直工作到凌晨。”由于上司随时会找她，她的手机必须24小时开机，“发展到后来我很害怕听到手机铃声，但也不敢调成震动模式。”那一年，加班严重影响了她的健康，很长一段时间里，她甚至吃不下饭，一度瘦到了70多斤。

辞职后的舒安，不仅没了工作，还欠了一身债。那时的她，被一事无成的焦虑感包裹着。最后迫于房贷压力，她不得不找一份培训学校的兼职工作，从一种忙碌陷入了另一种忙碌。

转机来自一次旅行。在路上，她偶然读到了近藤麻理惠的一篇文章。“感觉打开了新世界的大门。”舒安说。很早以前，她就开始关注整理类的生活方式，却一直不知道它还可以成为工作。就像远航时海上突然亮起一座灯塔，舒安迷茫的人生又有了新的方向。接下来的几个月，她一头扎进了整理的世界。

2015 年，国内已经有一部分人开始从事整理业，但大部分以兼职为主。“那时我加了一个第一整理术的微信群，国内 50% 的整理爱好者都在里面，有几百人吧。”她发现做整理的人都有一套自己的理念，很多人不仅做整理，还做心理疗愈、关系疏导等工作。在不断阅读整理类书籍、看视频自学的过程中，舒安也渐渐开始寻找自己的整理理念。

她还记得当时有一篇报道，写的是成都有一个整理师，“整理一单收入过万元”。但她真正了解下来才知道，那篇报道的真实情况是：主人公是做家政出身的，那个收入过万元的单子，是她的老客户一次性充值了 1 万多元。其实，当时大部分整理师在国内的收入并不稳定，平均一单挣几百元到几千元不等。

虽然那个阶段的舒安经济压力非常大，但她知道自己还需沉淀。在学习整理的过程中，她不断说服自己：“要和压力和平共处，不要焦虑，慢慢会好的。”“我要成为整理师，早日成为没有债务的人。”她在心里告诉自己。

| 整理师的入门之道 |

目前在国内，还没有国家承认的整理师从业资格证书。所以大部分整理师会去日本考证，再回国发展。只有那些入行较早、得到了媒体认可，整理理念也已经被大众接受的整理师，才有可能自创整理学院，为学员颁发独家机构的整理师证书。目前国内的一线城市都已经有培训体系做得非常好的整理公司。

一开始，由于没有任何整理师资格证书，舒安与好几个企业合作擦肩而过。为此，她专门去日本考取了 Housekeeping 整理协会整理收纳咨询师二级证书。但即使拿到了整理师的资格证书，也并不意味着整理之路从此畅通无阻。

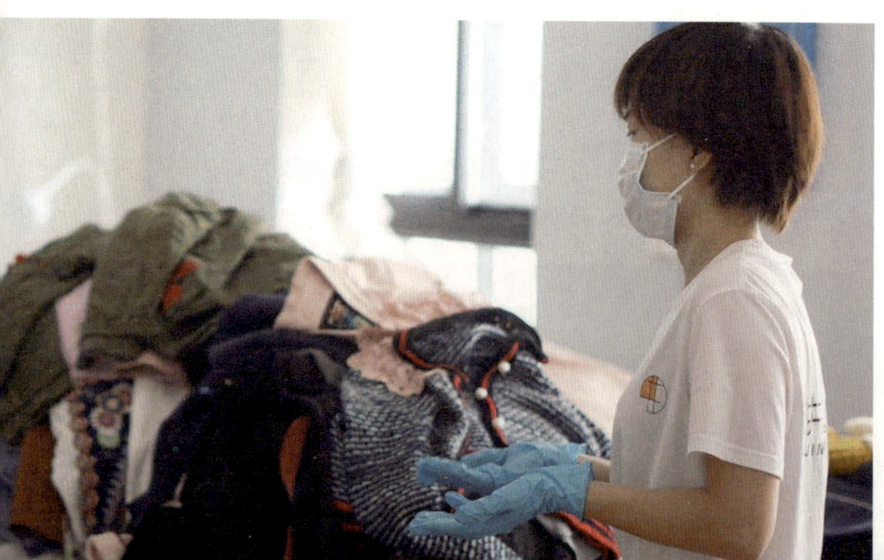

+ 舒安上门为客户整理衣橱

舒安所在的海口市，仍处于大部分人不知道整理为何物的阶段。所以从舒安转行做整理师的第一天起，就遇到了职业瓶颈。“我从业遇到的困难有三个：第一个，是整个整理行业相对小众；第二个，是我在海口，就更加小众了；最后，就是上门整理服务的费用比较高，并且很多人也难以接受一个外人上门接触自己家的物品。”

2016年年末，线上课程爆发，互联网技术的快速发展使学习变得更加方便。“我以前在传统行业待得太久，感觉已经与世界脱轨了。线上学习为我打开了一扇通往新世界的大门，那段时间我在家重新学习了很多东西。”人一旦从被动学习转为主动学习，自我教育的力量往往超出自己的想象。一方面，舒安通过线上课程恶补了很多知识；另一方面，她找到了成为整理师的突破口——开展线上整理训练营。

通常来说，整理师的收入来源主要有三个：上门整理、整理培训、收纳产品。起步阶段的整理师多从线下的上门服务做起。但由于整理在海口的接受程度不高，舒安的上门服务很难开展。发展到第二个阶段，拥有独家理念的整理师，会在系统梳理了自己的整理课程后，开展一些线上线下的整理培训。

“正好我毕业于师范学校，有一定的授课的经验，我就想着，何不尝试在线上开课呢？线上没有地域限制，我可以在全国范围内招生。于是我就开始尝试开公众号，在线上讲课。”舒安的第一期整理训练营完全免费，招收了 70 多名学员，从第一期学员的反馈中，她收到了很多完善课程的灵感和建议，并在第一期的基础上又开了第二期、第三期……到 2019 年 5 月，她已经开设了 23 期整理训练营，不到两年时间收入有了很大的提升，缓解了买房的债务压力。

但是在 2018 年年初，由于线上课程的竞争日益激烈，舒安的收入增长也开始变缓。成为整理咨询师的第三年，她陷入了新的职业瓶颈之中。“我决定停下来多做一些分享、讲座和沙龙，慢慢寻找新的方向。找不到方向了就停下来学习，想一想接下来要怎么走。”

其实整理师的职业发展路线和变现方式都非常清晰。不想一辈子只做上门整理服务的整理师，就要培养自己的独特理念和细分领域，使整理成为被大众接受的流行文化，才有可能成为大师。比如日本的“断舍离”文化和极简主义等。在国内，少数几个发展得比较好的整理师，都是在行业内打造好自己的品牌后，再把业务拓展到整理培训和售卖整理产品上。比如国内的很多整理体系，他们的线下培训课程费用高达 8000 甚至上万元。

整理改变固有思维

接触整理前，舒安的生活其实已经非常简单。由于初中就过起了住校生活，一直四处搬家的她养成了只拥有适量物品的习惯。刚刚搬到海口时，她只用一个行李箱就装下了自己的全部家当。所以当初她花了两年整理自己的生活，很多人感到不解："你的东西本来就不多，都在整理些什么？"

"其实这个过程不是整理物品，而是重新改写自己的人生剧本。"整理的本质并不是字面含义，就像"断舍离"并不是教大家不买东西，而是"专注当下"一样。在两年的整理时间里，舒安的生活发生了翻天覆地的变化。

+ 舒安的房间

“我整个人就像换了一个主板，以前是老旧的 Windows 系统，现在换成了苹果电脑系统。”以前与人有冲突时，舒安习惯往悲观的方面想：“他是不是对我有意见？”现在，她学会了客观地分析原因：“也许是两个人的做事方式和性格不一样。”她渐渐发现自己能够客观接受人与人之间的不同了。这对性格敏感的人来说，是一种很大的改变。

与此同时，她的生活方式也发生了改变，她不仅开始每天读书，还养成了定期运动、早睡早起的习惯。“我大学读的中文系，但工作以后就没什么时间读书了。”开始整理以后，舒安多出了很多时间，每当陷入不安和焦虑之中时，她就去读书和运动，让自己有更多时间学习和成长。渐渐地，她发现这种思维方式的转变不仅体现在自己身上，也体现在了学员身上。

“我的很多学员都处理不好同父母的关系。以前他们会习惯性地觉得是父母压制了自己，现在他们能客观地认为自己只是和父母观念不同罢了。”还有的学员开始学习整理后，和婆婆的关系也变好了。“整理中有一个概念是界限感，指的是人与人之间要有界限，要学会承认彼此的不同。”

|“外精里乱”的中产阶级家庭|

成为整理师后，舒安最大的发现是：中国的大部分城市家庭，真实的居住环境都“差”到不可思议。在这个鼓吹消费主义的年代，90% 的城市家庭家里，都堆满了乱七八糟的物品。“房子很好，东西也很多，很奢侈，可是放在那儿都发霉了。整个房间、客厅、厨房都很乱，东西都堆到了天花板。家里灰尘多，厨房很油腻，空气也很糟糕。生活在那种环境下很容易生病。”

舒安接触的大部分客户都是城市里经济条件比较好的家庭，人均年收入在 20 万元以上，学历也均为大学本科以上。但是大部分家庭的居住环境，都与其表面上的光鲜亮丽并不匹配。让她印象深刻的是，曾经有一位整理师朋友，和十几个整理师一起上门为一个客户整理了十几天，才整理完他们家的所有物品。

这已经不单单是整理的话题了，而是这个时代特有的社会现象。在鼓吹消费主义的今天，我们的生活被各种广告和促销活动包围，走到哪里都有人告诉你“你的生活缺点什么”“消费能带来快乐”。真的是这样吗？看看家里那些当初因打折而囤下的过期用品，也许我们也会在某些时刻自我怀疑：“当初为什么就冲动买下了它呢？”

“我已经把大部分购物 APP 都卸载了，朋友圈里的微商也都屏蔽了。”舒安说，“社会大环境催生了购买欲，只要变得更有钱了，人们的消费欲就会变得更高。确实，高收入代表着更强的购买力，但大部分有着超强购买力的家庭，却并不懂得如何收纳与整理，我们从小没有接受过这样的教育。我的父母这方面就很欠缺，过去物品没有那么多，家境也没有现在好，他们光顾着赚钱养家都来不及了，哪有精力教你怎么收纳、对待物品呢？”

舒安刚开始开整理训练营时，让学员给自己的整理能力打分，很多人都打了7~8分，但是当她让学员把家里的照片发给她时，“我只能打3~4分”，她说。她的学员以结了婚的妈妈为主，她们中的很多人都不懂如何收纳整理，以及如何处理家庭关系，但是她们都有一颗通过学习提升生活品质的心。

一个明显的变化是，很多学员上完课后，购物欲变小了。“有一个学员以前每个星期都要买好几套衣服，整理完以后，现在几个星期都不会买一套衣服了。”这种追求“足够适量的生活方式”正是舒安想通过整理传递的理念。这种理念衍生到她的生活中，使自由了3年多的她对现在的生活越来越满意。

不同于很多自由职业者对收入的高要求，舒安只要求自己的收入和上班时持平。“现在的工作很顺我心意，也有充足的时间宅在家里。”从事自由职业3年多后，她找到了让自己最舒适的生活节奏，内心也变得日益平静。虽然偶有焦虑，但相比重新回去上班，她更愿意承担这份焦虑。毕竟，度过了无数个迷茫、忙碌、被负能量包围的时刻后，她深知现在的平静是多么来之不易。

风光摄影师姚璐

30 岁独闯中东，当代女性的另一种活法

姚璐身上有一种很特别的气质，采访完她以后，我想了很久该用一个怎样的词去形容她。勇敢？自由？我行我素？这些词听上去都有点太流于表面了。整理完采访笔记后，我的脑子里冒出了一个词“笃定”，就是它了，我觉得用来形容姚璐再准确不过。她是一个做任何事情都十分笃定的人，有完整、自洽的“三观”，清楚地知道自己想要什么，并且完全不受外界干扰——这在我看来，是当代大多数年轻人都不具备的特质。

在姚璐看来，现在的年轻人有三种状态：第一种状态里的人，既不知道自己要什么，也不知道自己不要什么，这种人最轻松；第二种状态里的人，知道自己不要什么，却不知道自己要什么，这种人最痛苦；只有第三种状态里的人最清醒，既知道自己要什么，也知道自己不要什么——现在的姚璐，正处于这种状态。

但小时候的她，一直徘徊在第二种状态里，不喜欢大多数孩子喜

欢的东西，却又不知道自己喜欢什么——这让她与同龄人格格不入。为了找到自己喜欢的事情，她去广告公司实习、去国企上班、和朋友合开婚纱摄影工作室，却发现以上这些自己统统都不喜欢。23 岁那年，她在没有任何规划的前提下辞去了国企的工作，独自一人去内蒙古拍风光，从此走上了“风光摄影”的不归路。28 岁那年，她开启了研究女权的中东之旅，并在 2 年后成了第一批独闯战乱国伊拉克和叙利亚的中国女孩之一。

不焦虑房子、车子，不活成他人期望的样子，姚璐希望用自己的亲身经历告诉更多女孩：勇敢去做你喜欢的事情，趁你还有条件的时候。

| 直面死亡的中东之旅 |

去伊拉克和叙利亚之前，姚璐焦虑了整整一年，那是一种需要直面死亡的焦虑。在新闻里，伊拉克和叙利亚向来是“战争”“爆炸”与“恐怖主义”的代名词。自 1980 年与伊朗开战以来，伊拉克就几乎不让国外团队入境拍摄，所以在网上几乎搜索不到任何一部与其有关的纪录片。这种情况下，姚璐没有任何行程参考，她只能向办理签证的中介咨询行程，或者在网上询问伊拉克当地的“沙发主”。“很多地方不受政府军控制，这些地方是不可以去的，所以说你的选择其实并不多。”

2018 年，姚璐在纠结了整整一年后，终于决定要定下行程。可没过几天，她在网上约好的“沙发主”就发来信息：叙利亚大马士革的东郊一个

+ 姚璐在约旦月亮峡谷

叫东古塔的地方发生了交战。“我当时其实很纠结，因为这个事情一直拖在那边很不舒服。我希望可以一次性去这两个国家，因为它们很近，分两次去成本太高了。”

伊拉克和叙利亚这两个战乱国的签证费很高，加起来要 1 万多元人民币，这对当时并不富裕的姚璐来说，无疑是一个孤注一掷的决定。“但是思前想后还是觉得不能冒这个险，生命诚可贵，不可以这样子。”纠结一番后，姚璐推迟了叙利亚的行程，先去了伊拉克。

可能有读者会感到疑惑：“姚璐为何对这两个战乱国如此执着，即使冒着生命危险也要独自前往？”这和她 2016 年开启的中东之旅有关。那一年，她已经做了近 4 年风光摄影，也成功出版了自己的第一本书，“我整个人都被清零了，需要重新去做一些事情”。

在国内拍风光时，姚璐就对新疆的风土人文感兴趣，而中东的文化又与新疆比较相似，她决定去中东看看。“我一个人在中国西部旅行时，经常会被别人问：‘你一个女孩子为什么要这样背着大包出来玩，为什么不嫁一个人，然后跟老公一起出来？’”姚璐感到困惑：“我为什么一定要跟一个人出来玩？只因为我是个女孩子，所以就不可以这样吗？”那是她第一次意识到，原来很多人对女性都有一种不平等的刻板印象，认为“女人就不可以徒步，不能去拍风光”。“为什么你明明热爱这件事情，但受制于你的性别就不可以去做？”姚璐对“女权”产生了好奇，而中东又恰好是探讨“女权”的焦点地区。

2016年，她先后去了几个比较安全的中东国家，如伊朗和土耳其，在积攒了一定旅行经验后，又进一步探索了以色列、约旦和埃及等国。

那时，姚璐的中东见闻已经丰富到可以完成一本书了，“但我始终觉

+ 姚璐在以色列特拉维夫的沙发主家

得这个旅程是不完整的，总归是缺了两块，而且缺的这两块特别重要，一个是文明的源头，一个是近代战争的焦点”。这就是姚璐即使冒着生命危险也要去伊拉克和叙利亚的原因。

在迪拜飞往伊拉克的飞机上，独自一人走过了大半个中东的姚璐第一次慌张起来。一个半小时的飞行接近尾声，“怎么这么快就到了，我还没有准备好”。下飞机前，姚璐对迎面而来的未知感到害怕。“我在找伊拉克的‘沙发主’时，发现网上基本没有女孩子，绝望之下我只能找男生。”第一次入住男性“沙发主”家，又是在一个完全未知的战乱国，姚璐表现出了前所未有的担忧。直到看见前来接机的是一整个伊拉克家庭后，她才感到释然。

原来在伊拉克，所有人都必须和家族成员住在一起，女性不可以独自出门，也不可以在社交网站上抛头露面，这就是为什么伊拉克的“沙发主”全是男性的原因。

初到伊拉克，姚璐就感受到了强烈的文化冲击。在伊拉克，大多数女孩从出生的那刻起，命运就被掌握在了别人手中：她们的丈夫由家人选择，几乎没有外出工作的机会，出门必须在父亲、兄长或丈夫的陪同下。更严重的是，大部分伊拉克女性都遭受着家暴和童婚的困扰。“有一件事情让我特别震惊，伊拉克的女孩不能把自己的照片传到网上分享自己的容颜。”姚璐回忆，曾经有一个18岁的伊拉克女孩想和她合影，却被她的母亲破口大骂：“你怎么这么不知廉耻，这么风骚！”年轻的女孩因为这句话泣不成声。“我当时特别难过，我觉得一个 18 岁的女孩，想要跟一个远道而来的朋友留个影，是一件特别正常的事情，但就连这样一个朴素、卑微的愿望都不能得到满足。”

在伊拉克和叙利亚，姚璐认识了很多有理想、有知识、有文化的年轻女孩，她们都发自内心地羡慕姚璐可以一个人去陌生的国家，做自己喜欢的事情。这促使她开始思考：“我们作为有权利的一方，是不是应该做更多事情？如果说你生在一个可能性很多的环境下，还去选择一种特别闭塞、庸俗的生活方式，其实挺浪费的。”

| 不遵循社会时钟的人生 |

从 23 岁离开国企的那一刻起，姚璐就走上了一条不遵循“社会时钟”（social clock）的道路。社会时钟是用来描述个体生命中主要里程碑的心理时钟。它由社会文化背景决定，反映了我们生活的社会对我们的期望。最常见的社会时钟就是要在“多少岁结婚”“多少岁生孩子”“多少岁买房”“多少岁生二胎”……一旦一个人没有遵循社会时钟，身边人就会开始催促，最典型的例子就是当代社会对大龄青年的催婚、催育。

23 岁以前的姚璐，在不知道自己真正喜欢什么之前，也遵循过社会时钟，但那时的她始终对其感到疑惑。姚璐毕业于复旦大学的新闻学院广告系，大四毕业时，当一些名企在宣讲台上说“来我们公司，以后出差可以坐商务舱，住五星级酒店”时，姚璐总会在下面想：“这是我想要的生活吗？”答案通常是否定的。但是在不知道自己想要什么样的生活之前，她还是走了大多数人都会走的那条路：进国企，领一份稳定的薪水，做一名朝九晚五的上班族。

“上班的那一年特别崩溃。小时候，你可能对未来有很美好的想象，但工作后哪怕你毕业于名校，也是一个可替代性很强的人。”姚璐在这种痛苦中挣扎了一年时间，其间她也经常和朋友们聚在一起，抱怨上班的无聊。不同的是，一年后她辞去了工作，而那些曾经和她一起吐槽的朋友还在继续上班。“刚毕业 1~3 年的人，其实都会蠢蠢欲动。再过几年，很多人已经屈服于上班的节奏，就会安慰自己上班其实也挺好的。”

2016 年，姚璐的风光摄影开始走上正轨。那一年，很多朋友找她聊天，也想改变自己的生活方式。一开始，姚璐都会和他们聊很长时间。但久而久之她发现，每一次掏心窝的聊天后很长一段时间里，朋友们还在过着相同的生活。“可能人生的挣扎期就只有毕业后的那两三年吧，过了就过了。”如果 23 岁那年她没有辞职，现在可能也和大多数人一样已经结婚生子了。“看着他们，就像在看另一个平行时空里的自己。”

姚璐感慨。

2012年，自由职业这个概念还未普及，辞职后究竟靠什么养活自己？存款只有3000多元姚璐没有太清晰的规划——那时的她，只知道自己喜欢风光摄影，想休息一段时间去专心做这件事情。2012年至2014年是姚璐一边打工换宿，一边练习风光摄影的3年。在那3年里，她没有任何稳定的收入，只能靠卖自制的风光明信片，或者帮忙带一些旅游团，在青年旅社打工换宿养活自己。最拮据的时候，她甚至找支付宝这样的平台贷了几万元用来周转资金。“别人可以贷款几百万买房，我为什么不可以贷款几万去做自己喜欢的事情呢？”

在上海，她的家人不明白一个毕业于复旦大学的高才生，为什么要去那些偏远的地方拍照。几乎每次出门，姚璐都会和父母大吵一架。“每次亲戚问起来，我妈都说我出差了，可能她觉得我做的是一件说不出口的事情吧。”那时的姚璐，其实想过重返职场。拍了一年多风光后，她发现自己该玩的都玩了，却并没有玩出什么名堂。她开始担心没有在合适的年龄做合适的事，一旦错过了合适的时间，未来还能不能回到那条大部分人都在走的路。“好在当时的几份工作都没谈成，不然也不会有现在的我了。”

2015年是姚璐拍风光摄影最疯狂的一年，那一年，她不再在乎花多少钱，开始孤注一掷地去全国各地拍最好看的春夏秋冬。

✚ 姚璐镜头下的新疆

每天天不亮就起床去踩点等太阳，拍到早上九十点钟再回去休息，傍晚时分再出门拍照，晚上则在野外整晚整晚地拍星空。“我那个时候经常会做一种梦，就是闹钟响了我还没起来，打开窗户看到太阳已经出来了，特别懊悔，然后在梦里哭。真正醒来后发现天还黑着，就觉得太好了。”为了拍到最好的风景，她不容许自己有一刻的偷懒和懈怠，因为很多照片不是一天就可以拍成的，而是“天天早起去那个地方，等了两个星期才拍成的”。

然而，这样辛苦的付出很多时候却并不被人尊重。“别人盗你的图就一秒钟的事，然后他可以拿这个图去牟利，你有时去跟他们维权，他们还会反过来骂你，说我用你的图是看得起你，你这人怎么这么不识趣。”直到 2016 年，国内的各大付费图片网站渐渐发展起来后，风光摄影师才能通过与一些图库签约去获取应得的收入。但相比带风光摄影团和开线上摄影课程，售卖图片的费用只占他们收入中很小的一部分，平均每个月只有几百元到一千元不等。

2015 年下半年，姚璐的风光摄影作品开始在网上广为流传。这成了她风光摄影生涯中的一个转折点：她签约了国内一些大的图库，开始有越来越多人找她约稿。成为全职风光摄影师 3 年多后，姚璐的这项爱好才真正为她带来了收入，她还清了之前的所有贷款，存款终于从负数变成了正数。

| 给更多人勇气，为自己而活 |

生活中，姚璐不是一个喜欢诉苦的人，每一张精美的“风光摄影照”

+ 南疆塔克拉玛干沙漠

背后所经历的艰苦，她很少提及。但是当越来越多的人对她说“你1年能有一半以上的时间在外面玩，每天都能看一些绝世风光，好自由好幸福”时，她才意识到有些真相你不说出来，别人就会对这个职业产生误解。48小时的硬座火车，住在有跳蚤的村民家脚踝被咬肿，爬山被虫咬，徒步被草割……这些在姚璐看来，都不是什么太大的问题。“包括吃得很差，住得很差我都无所谓，因为当你拍到你想要的画面时，你的兴奋可以把之前的一切艰难困苦都抵消掉。”

让她印象最深的是有一次，她在新疆的一个山坡上拍照，下坡时为了抄近路，她决定从一个比较垂直的崖壁往下爬，结果不小心踩到了一堆土上，于是整个人垂直地滑了下去。“幸好那边有棵枯树特别大，我整个人就挂在了树上，还好没事。”直到一周后，她才发现腿上留下了很大一块乌青。

曾经，她像大多数女孩一样，也担心过每天在外面晒太阳，皮肤会被晒黑，“过几年没人要怎么办”，但是徒步拍风光的过程，让她有了更多时间去与自己对话，去思考“什么才是我真正应该关心的东西”，“人生的意义又是什么”。在无数个没有电也没有网络的户外时刻，她想清楚了那些曾经困扰着她的人生问题。“我以前经常思考很多事情的意义，后来觉得为了意义去做事情很假大空。”在山水面前，姚璐发现平时大家讨论的房子、车子的话题都特别渺小。她告诉自己：“不要为了意义去做一件事情，做到一定阶段意义自然会来。”

对姚璐来说，旅行是一个与自我进行深度对话、深刻自省的机会。中东之行让她看到了另一种生活的沉重，她开始思考生活在安逸社会中的我们，是不是不该只去关注一些比较肤浅的快乐，而是该更多地思考“我的生命能够给别人带去一些什么改变”。

在叙利亚，有一件事情让姚璐十分在意：很多年轻人小时候与曾经的我们一样，梦想长大后能成为一个科学家或艺术家，但是当他们长大后，却发现内战了，战争荒废了他们最美好的青春时光。“叙利亚的失业率特别高，差不多有 30% 的人是没有工作的。年轻人平均要花 4 年时间才能找到第一份工作。”姚璐说，这种巨大的反差让当地的年轻人感到绝望。“很多人有雄心抱负，有知识文化，但是在那个国家他们什么事都做不了，也不能出国，因为一个战乱国的护照是不受欢迎的。”

见证了叙利亚年轻人的悲剧，姚璐对于自己要过怎样的一生有了更笃定的信念：“可能还是要去做一些自己想做的事情，或者是有意义、有价值的事情吧。因为你有条件可以做，不像那些战乱国的年轻人，他们想做却没有机会。”回国后，她写了很多描写中东现状的文章和自己的一些亲身经历，希望鼓励更多国内的年轻女性去做自己真正想做的事情。“作为一个女孩，你也可以走完全不一样的路，你如果热爱登山、热爱徒步，你热爱去一些危险的地方做一些有价值的事情，你完全可以去做，不需要受制于你的性别，然后去走一条固定的路。生命应该用来做更多更有意义的事情。”姚璐说。

但不得不说，无论你是选择做一名朝九晚五的上班族，还是像姚璐这样放弃安稳的一切，去追逐自己内心深处真正想做的事，都需要付出相应的代价。

姚璐的代价是她可能没法像大多数人一样拥有稳定的生活和婚姻。不同于那些早早为养老做准备的年轻人，她从来不会做三年以上的人生规划。“人其实是为此刻而活的，你为了一个虚无的未来，牺牲现在的欢愉和很多可能性，去换得年老后的安逸状态，我觉得没什么意思。”

从事自由职业七年，从根本不知道如何养活自己，到渐渐在网上有了一定知名度和稳定的收入，30岁的姚璐说：“现在是我七年以来最不焦虑的时刻了，因为大部分的人生问题我都已经想明白了，而且可以自圆其说。”说到底，不论一个人是否遵循“社会时钟”，只要能够活在逻辑自洽的世界里，就不会轻易被外界的风声所干扰。那些内心强大之人的幸福人生，大概就是靠着这样一种意念一步步炼成的吧。

愿此刻正在读这篇文章的你，也能在逻辑自洽的世界里，找到属于自己的幸福人生。

职业咨询师马华兴

时间有限，要做自己喜欢的事

第一次见马华兴是在上海的某家餐厅，见面之前，我在网上搜索他的个人介绍，里面写着“13 年通信行业工作经验研究总监”“高级职业咨询师”“新精英高级培训师”等称号。“这大概是一个说起话来一板一眼的‘职场老油条’吧。”当时的我本能地这样想。但见过真人后我却发现，这个背景看上去十分“正”的“理工男”，原来是一个说话风趣幽默且十分“接地气”的人，他“职业”的外表下有一颗文艺的心。

在成为一名全职职业咨询师前，马华兴已经工作了十几年。那时的他，在通信行业已经做到了很多人奋斗终生而不得的研究总监职位。通常来说，一个人年纪越大，越害怕做重大选择，更害怕从头开始。但他却在 30 岁那年，选择了给当下的生活按下暂停键，换一个人生轨道继续前行。

我采访过很多年轻的自由职业者，却从来没有采访过一个年龄超过 40 岁的自由职业者。人到中年，各种生活的压力接踵而至，作为一名自由职业者，他会面临怎样的压力？这个疑问一直萦绕在我的脑中。采访完马华

✚ 马华兴在讲课中

兴后，我觉得他的故事，或许对每一个迫于现实压力，正在犹豫要不要转行去做自己感兴趣的事情的人，会有一定帮助。

| 转行：30 岁那年，我明白了时间有限 |

在毛姆的小说《月亮与六便士》中，有着外人眼中高薪工作与美满家庭的主人公某天毅然抛弃了这一切，独自一人去一个完全陌生的国度学画。“我必须画画，就像溺水的人必须挣扎”，面对外人的不解时，他这样说。当初读完这部小说，这句话带给我的感触最为震撼。“我的内心也有这个力量，只是一开始不强大，但它会让我做出一些选择。这种选择，不是我能控制的。”在马华兴讲述自己转行经历的知乎回答中，这样写道。

高中时，马华兴喜欢写作，他曾经写了好几个作业本的武侠小说，在班里传看。但是大学选专业时，经历过物质困乏年代的他，却选择了更容易赚钱的通信行业。但他深知自己并不会在这个行业干一辈子，因为他内心深处真正想做的事情是人文。以至于大学期间，他把明明可以拿去泡实验室、做编程的时间，都用在了辩论赛上，并且代表院系拿过冠军。

2001 年，大学毕业后的马华兴赶上了通信行业发展的好时代，他进了国内一家知名通信运营公司，跟着一个默契十足的好上司，做了不少好项目，也跟着在公司一路晋升。那时候，他每天想的最多的就是做项目、出差、赚钱，那几年他的收入也确实得到了飞快提升，一路顺风顺水、升职加薪，最后做到了研究总监的位置，在北京有车有房、工作轻松、家庭美满。这样的经历听上去已经是世俗定义里的成功，马华兴却说，工作的一开始，他内心深处就知道——这份工作并不是他喜欢的。这种想法像一根深埋进肉里的刺，大部分时候不会有知觉，但每当他感到郁闷的时候，就会冒出来刺痛他一下。

他隐隐知道自己喜欢什么，也想过无数次转行，但就像他后来做职业咨询师后，遇到的每一个想要转行却又无比纠结的客户一样：离开舒适区的恐慌和对未来的不确定让他们始终迈不出那一步。当然最关键的是，他深知如果没想清楚离开后去做什么，以后只会更加迷茫。

他在国内一家垄断电信国企干了十几年，带领一支 20 多人的团队，职位是研究总监。这份工作的年收入和稳定程度，让他舍不得放弃。有个词叫“沉没成本”，当一个人在某件事情上投入的时间精力和金钱越多，就越舍不得放弃这件事情。“我曾经不止一次问自己：要不要做自己感兴趣的工作？再一次又一次否定。我给了自己很多理由，比如：那个工作不赚钱哦，挑战很大哦；把兴趣变成工作，你可能会失去那个兴趣哦。”但在纠结的同时，他也在利用业余时间做着各种尝试。

比如写书，他从2006年开始撰写他的第一本书《解惑3G业务》，这本书和通信行业有关，后来也获得了不少的销量，却并不是一本完全技术的书，里面有很多人文的思想；再比如，在公司论坛开设专栏，为公司里对职场感到困惑的年轻人答疑解惑，这算是马华兴正式开始做职业咨询前的一段雏形类的咨询经历。就这样纠结到了30岁，他才意识到“如果总是这样，我会继续这样活到四五十岁”。

一般人大多有30000多天的寿命，钱是永远赚不够的，但时间却是有限的。马华兴说：“30岁时，我真正体会到了生命的一些意义，即过程本身才是意义。”于是，马华兴正式踏出了他人生中至关重要的一步——离开国企，转型互联网。

| 创业：创业半年后，我后悔了 |

从老牌国企到一个完全陌生的互联网创业团队，可以说是一次大跨度的转行，而且这件事情发生在已经迈入而立之年的马华兴身上，说不焦虑是不可能的。那是一家马华兴的朋友创立的公司，他以合伙人的身份加入，负责团队的产品，为世界排名前五的软件公司服务。新的行业、新的团队、新的沟通方式、新的思维模式，刚开始马华兴每天都在恶补大量新知识，而真正令他感到焦虑的并不是工资缩水成了原来的三分之一，而是创业团队的变数实在是太大了。

以前在国企习惯了项目周期长、研发效率低的工作节奏，到了互联网创业公司，快速的迭代和产品优化导致每天都有新“bug”要解决。在那家公司仅工作一年，十来人的团队就已经开始同时研发推销多款产品，力不从心的马华兴觉得他们应该把所有精力都聚焦在一款产品上，打磨精品；而合伙人却认为应该多做几款产品，哪款做得好就把哪款卖掉。

内部矛盾就此出现，马华兴开始感到后悔：“之所以加入互联网创业公司，是因为我希望工作两三年后，公司卖掉能实现财务自由，但现在看来这不是两三年就能做成的事。”马华兴开始有点怀念他在国企拿着高薪、工作清闲的日子。当初正是因为害怕浪费时间，而选择从工作了十几年的国企离开，现在依旧在消磨时间做着看不到希望的事情。“我就想我图啥？”马华兴说，这种后悔的感觉随着时间推移越发强烈。而一个人最怕的就是对自己曾经的选择感到后悔，而且这种后悔还是自己不能承受的。

多年后，每当有面临职业转型而又十分纠结的客户前来做咨询时，马华兴都会问他们这样一个问题：“如果多年后，你对今天所做的决定后悔了，那么选择哪一条路的后悔程度是你不能承受的？”一般问完这个问题后，大多数咨询者心中已有了答案。

一年后，马华兴所在的公司在政治博弈中牺牲，平台停止了服务，他们争取卖出了一小部分，团队正式分钱散伙。“航海了大半圈，岛上没啥宝藏，就收了几个贝壳。”在后来的知乎回答中，马华兴这样总结这一段经历。但这段经历也并非虚度，他对马华兴最大的帮助是让他想清楚了自己真正想干的事情是什么。“体验过国企的管理，体验过互联网的产品管理，也体验过写书、培训、咨询后，就切肤知道，什么事情是仅仅为了那点钱去做的，什么事情是哪怕回报少，也愿意去做的了。”马华兴说。

人生路上绕了一大圈，最后终于还是去到了自己最想去的地方。马华兴感到解脱，心中的后悔也开始逐渐减少。接下来，只要在自己喜欢的那条路上一直走下去就好了。

| 职业咨询：与人聊天还能赚钱，这是我的理想工作 |

职业咨询，这个概念在国内从诞生到逐渐被大众知晓，且有人愿意为之付费，并没有多长时间。一般情况下，一名职业咨询师做一次咨询价格在 500~2000 元。如果只做咨询，他们的年薪为十几万元，但

马华兴

生涯规划基础班课程培训讲师、新精英资深生涯咨询师、咨询师督导、《现在的泪，都是当年脑子进的水》《老马的职业鬼话》作者、某通信国企12年工作至国企总监、互联网创业公司 VP、北京师范大学生涯规划课特聘讲师、清华大学生涯规划特聘讲师

讲师　咨询师

咨询师一般还会出去做培训，这是另外一笔比较大的收入来源之一，马华兴说他身边做得比较好的职业咨询师，年薪 40 万～50 万元不是问题。但想要进入这一行门槛却比较高。不仅需要一个很好的过往背景背书，比如知名外企或国企的管理层职级、人力资源总监或知名高校的老师、某一行业的专家等，还要擅长与人沟通且喜欢与人聊天。

马华兴发现他过往的职业经历，都正好符合这些标准，而且他在国企时积攒了很多与客户沟通、对外宣讲的经验，也喜欢与人聊天，表达欲旺盛。正好那时，职场类畅销书《拆掉思维里的墙》的作者古典正在筹办一个职业生涯规划培训师的机构“新精英”，机缘巧合下他进入了这家公司，挂在他们名下开始学习培训与接单咨询。

他先系统学习了职业咨询的所有知识，然后从企业培训做起，先后去一些企业或高校做职业规划的理念、知识、方法等方面的培训，在这个过程中不断提高自己的能力。起初，他的培训技能并不好，为此他花了将近 1000 个小时一遍又一遍地去刻意练习，与此同时也在继续撰写自己的第二本书，为以后的独立咨询做准备。

一年后，新精英开了咨询业务，马华兴顺利成为第一批咨询师。之前一年的学习、讲课与积累终于派上了用场，在职业咨询师这个行业刚开始新兴之时，他乘上了这艘快船，此后一做就是8年。

截至2019年，马华兴一共出了5本书，咨询过的案例共有700多例，平均每周见两三人。除此之外，他每个月还要去上三四节线下培训课，其余时间就做一些线上课程和运营自己的个人品牌，或者受邀去电台做做分享，写一写其他平台的约稿等。每周工作四五天，自己控制赚钱的时间，生活不算太紧绷。

“咨询是一个双向沟通的过程，我在启发别人的同时，也能从别人身上收获一些新的东西。所以大多数咨询很享受，因为我看到了每一个人的传奇。”马华兴说，这种不带功利心地与人沟通，是他所喜欢的。“就像每个女人都幻想有一天可以每天淘宝还能赚钱养家，每个男人都幻想每天打游戏还能赚钱养家一样，对我而言，咨询就是这样一件事情。”马华兴说。

2018年，马华兴在一家大型民营企业的邀请下，给他们的企业管理者进行了半年多的职业发展咨询和培训服务，2019年，他发现越来越多企业对管理者的培训需求增强，于是与另一名职业咨询师合作开了一个“职业发展管理师”的线下认证班，帮助那些企业管理者更好地管理和培训员工的职业发展。不到一年时间，这个认证班就在全国各大城市开设了10期，盈利150万元左右。

可以说，他已经实现了靠做自己喜欢的事情赚钱养家的梦想，但他的焦虑并未因此而减少。我还记得某次采访完马华兴一起回家的路上，我们聊起了“焦虑”这个话题。“你现在有什么焦虑的事情吗？”我问。“焦虑知识变现究竟能不能长久繁荣下去。”“焦虑互联网哪天万一不行了怎么办。”在时代的巨变面前，个人努力从来都显得微不足道。这是马华兴的焦虑，也是大多数人的焦虑。

“但我认为这并不是一件坏事。”马华兴说，他发现一个特别有趣的现象：2015 年以前，找他做咨询的案例都很丰富多样，有人梦想去弹钢琴、有人想当音乐人、有人想去旅行；但 2015 年以后，这种人变少了，大家焦虑的点普遍都是怎么挣钱。互联网寒冬、股票暴跌、创业维艰、房价上涨……大环境的改变把人变成了一台满脑子都是怎么赚到更多钱的机器，成功学也因而有了得以滋生的肥沃土壤。

曾经有一个咨询者问马华兴：“我现在还有点焦虑，怎么办？”马华兴反问他：“假如你从来没有过这种焦虑，那生活会是什么样？”得到的答案是：“可能会和同事们一起混日子。”“那哪种是你想要的生活？”当时的马华兴这样问他。然后他就明白了，焦虑对他而言的价值是什么。

互联网背景下的新兴职业

体育自媒体人杨芊

自媒体时代，拥抱变化的传统媒体人

杨芊说话的语速很快，是个表达欲旺盛的人，常常能就一个问题衍生出很多话题来。就像他自己说的，他是个性格急躁的人。也许是因为离开北京、回到大连后，能交流工作的人变少了，或者是离开工作了十年之久的体育媒体，独自创业以后，他的生活发生了太多变化，对于这个快速发展的时代，对于媒体与自媒体，对于他创业前后经历的一切，他都有着强烈的倾诉欲。

2018 年和 2019 年的夏天，我们分别进行了两次远程通话。在他辞职创业的一年时间里，我能感受到他的心态在慢慢变好。做自媒体的这一年，他的时间和身体都恢复了久违的自由，虽然收入是上班时的三四倍，物质欲望却比上班时小了很多。从前那些不理解他正在做什么事的亲戚朋友，也渐渐认可了他的职业。

“感谢公众号给了我们这些传统媒体人一个机会实现自我价值，这是这个时代绝无仅有的机会。”杨芊说，自媒体是一个时代，给了所有热爱文字的人一个机会。从传统媒体到自媒体，杨芊见证了大众阅读方式和品位的转变，也成了潮汐变化之时，靠自媒体成功转型的诸多媒体人之一。

｜离开：工作第 10 年，行业的风向变了｜

“现在回头看，行业的变化太快了，几乎是 3 年一变。”回顾这几年的变化，在体育行业从业十年多的杨芊说，他毕业那年正值北京奥运会期间，体育院校毕业的他从上百位面试者中脱颖而出，成为成功进入新浪体育的 3 名应届生之一。那时，新浪体育是所有体育爱好者心目中的殿堂。虽然门户网站的效益并不好，但网站编辑在门户网站时代的行业地位，仍旧能够让从业者得到精神上的满足——至少那时候大众还是愿意听他们说话的。

2010 年，杨芊离开新浪体育，加盟了某家互联网大厂旗下的体育网站。“这家网站当时在行业内相对弱势，我是抱着不想与前东家竞争的心态加入的，但后来随着移动端的兴起，他们抓住机会赶了上来。”此后他在这家公司一做就是 8 年，从最开始的普通编辑一路做到了高级编辑、一个栏目的负责人，薪资待遇不菲。当然，这期间也经历了时代风向和大众喜好的不断转变。

2008 年以前，由于带宽所限，门户网站的内容以图文为主。2012

年，移动端开始受重视，但形式上并没有突破。到了2014年，视频崛起，图文形式不再受重视，图文编辑在公司的地位也开始被边缘化。

“编辑这个岗位在公司里的地位一直在动摇。从移动化到视频化再到自媒体化，图文编辑不再能给公司直接带来效益，体育门户网站的收入主要来自版权带来的视频直播、点播。”

2015年，自媒体兴起以后，大众阅读的去中心化趋势越发明显，身处行业中心，杨芊切肤感受到媒体影响力的削弱，以及大众对自媒体的推崇。作为一名热爱体育行业，把大部分青春时光都花在了这件事情上的体育编辑，杨芊对时代变化之下的图文编辑，未来该何去何从感到迷茫。那段时间是杨芊最痛苦的时期，白日的迷茫侵入梦中，他开始有了在夜里说梦话的习惯。

2017 年 11 月，北京雾霾严重，杨芊带着老婆和孩子去三亚休假。“我儿子得了气管炎，成宿咳嗽。他才刚刚一岁。我工作中的压力不断积聚，甚至发生了一些冲突。逃离北京，也就成了我最后的选择。”杨芊回忆辞职的经历时感慨良多。

作为一名在一家大企业工作了 8 年之久的老员工，他对这份工作有着深厚的感情，况且他当时在公司的职级、薪资、股票等各方面待遇都不错。彻底剥离自己与这家公司的联系，杨芊心理上很难接受——踏出改变的那一步，始终是最难的。

2018 年 1 月，杨芊正式离职，和朋友一起合伙做自媒体，开始了自己的创业之路。离开为他遮阴避雨 8 年的“大树”，个人能力能否再次证明自身价值？这个令当时的杨芊感到困惑的问题，后来通过实践得到了答案。

| 创业：一年时间，杀进行业第一 |

辞职之前，杨芊就已经和合伙人商量好了接下来的创业方向：做一个体育类的公众号狂言 Doggy。

这个号诞生的契机源自合伙人的一次求助。创业之前，合伙人在一家门户网站当了 12 年的签约撰稿人，从 2006 年到 2018 年，一直按照千字 80 元的稿费给平台撰稿。这笔收入在外人听来也许少到不可思议，但他却全凭热爱坚持了下来。但 2018 年，就连他供稿了几年的平台公众号都要停更了，不知所措的朋友找到了杨芊，咨询接下来应该怎么办。

“我认识这个撰稿人 8 年了，以前我们一起上过五六年夜班，彼此有深厚的感情。我也知道他的写作能力，这么多年来他一直坚持每天写 5000 字。”那个下午，杨芊把做公众号涉及的所有领域都和那位朋友讲了一遍。

“不如，一起做一个体育公众号？”两人一拍即合，只花了一个下午的时间，就敲定了公众号的定位、两人的分工、分成比例等细节，当天晚上他们就建好了账号。

第二天是合伙人供稿多年的公众号最后一次更新，不忍告别陪伴他们多年的读者，他们在文末告诉读者们：“再见了朋友们，如果以后还想看我们的文章，就来我们的新号狂言 Doggy 吧。”于是，狂言 Doggy 有了建号以来的第一批粉丝，只花了两天时间，就积累了几万关注量。

“公众号很难平白无故做起来，一定要有第一批原始粉丝的积累。”有了第一批粉丝后，他们坚持日更至今。杨芊与朋友的分工是：合伙人做内容，他找资源推荐并做销售。他们是两个非常互补的人，撰稿人写作能力强，但是对行业的动态把握和资源储备较弱。杨芊写作能力一般，但资源丰富，公众号前期 90% 的资源都靠他带来。

“我常常感到幸运，在职场上最困难的时期遇到了一个非常合拍的合伙人。包括我自己创业后的第一个客户，虽然从他们的视角来看，是我帮助了他们，但若没有他们，我也不可能做到现在这样。”杨芊感叹说。

从 2017 年 8 月到 12 月，他们仅花了 4 个月时间就把公众号做到了体育类前十，到 2018 年 3 月份排名已经上升到篮球类前三，体育类前五；2019 年 6 月，他们成功杀进了体育行业第一名。辞职创业的第三个月，公众号就带来了近 50 万元的利润，占总收入的一半。加上杨芊为其他一些品牌和赛事做的公关服务，他在离职的 3 个月里，赚了 100 万元。

“你认为公众号在这么短的时间内取得这个成绩，资源和渠道发挥的作用最大吗？”我问杨芊。

“手里有渠道只是敲门砖，光有资源没用，重要是在什么情况下动用什么资源，对方的需求是什么。”杨芊说，“其次是别人认可你，说到底还是看你的业务能力。所以人脉只是第一步，第二步是用你的业务水平打动他。我在体育行业工作了十年，应该算是行业内比较出色的编辑，业务能力能得到客户的认可很重要。”

生活中，杨芊是一个喜欢与人聊天的人，在与各行各业的人聊天的过程中，他发现很多机会都是聊出来的。“这个社会上最重要的是信息，大部人赚的都是信息不对称的钱。”杨芊说，更重要的是如何盘活手里的信息和资源，知道什么人在哪个项目上会起到作用。

杨芊的优势正在于手握众多资源且擅长牵线搭桥。比如，某个客户想找某个球星发一条微博，通过官方的关系找这个人，也许要经过 ABC 层层过滤。通过杨芊，却只需要一层关系，就可以直接联系到球星发微博，并且从结果上看，后者比前者省了不少费用。

再比如 2019 年 6 月，感受到公众号正在走上坡路的杨芊决定再走一步闲棋——开设短视频账号。可是团队里没有人懂这个，临时招人成本又高又招不到合适的人，在得知前公司有几位水平很高的剪辑师离职后，他找到了他们，询问对方是否有合作意向，于是他们以分股的方式开始了短视频项目的合作，第一支视频就收获了上万次的点赞量。

“最后我们不仅找到了合适的人，还省钱了。”杨芊认为，未来社会更高效的工作关系是合作而不是雇佣，“每个人在社会上都有自己的一技之长，通过合作的方式联合起来，我认为整个社会的工作效率更高”。

直到现在，狂言 Doggy 每天都还有稳定的粉丝增长，头条阅读数也都稳定在十万以上。“这个号运营得这么成功，最大的心得是什么？”我问，得到的答案是两个字——节制。

虽说做公众号的人多少都想赚钱，但他们没有急切去变现、膨胀、扩张的需求。具体表现在他们只接大订单的广告，同时对客户的产品有一定筛选，比如之前有理财产品找他们，一单 10 万元他们也没接。前阵子有一个粉丝加了杨芊，说他学生时代就开始看狂言 Doggy，现在自己开店当老板了，想在狂言 Doggy 上投放广告，只为回馈他们的陪伴。杨芊却劝他不要把钱花在这上面，因为他们的公众号和他的产品并不匹配。更加特别的是，他们的公众号运营至今从没开过打赏，虽然每发一篇文章都会有很多粉丝留言："你们快开打赏吧，我要把这些年欠你们的稿费给你们。"但他们依然坚持不开打赏的原则，因为在他们看来，目前靠接广告的钱已经足以养活自己了，不想再让粉丝掏钱。

"我不知道你有没有看过《十三邀》里许知远采访马东的那期。许知远在节目里说过去，话语权掌握在 5% 的精英阶层手里。历史从来没有一个阶段像今天这样，剩下 95% 的人有如此大的话语权，这 95% 的人是有表达欲望的。"

杨芊说，传统媒体，永远都是高高在上地俯视这个社会，但是在做自媒体这几年过程中，他感受到了 95% 的人渴望表达的欲望。所以狂言 Doggy 这个号一开始的定位就很清晰：替那 95% 的人说话，写他们的心声。

“现在大家都在说，传统媒体不行了，抛开一些客观管制因素，现在的媒体不‘接地气’，与其说行业走下坡路，倒不如说自己做得烂，留不住用户。现在的一些传统媒体无论在内容制作，还是报道方向上，已经落后了。动辄写一些苦大仇深、又臭又长的文章。从来没有想过，用户如何去看，他们在乎的更多是领导怎么看。”

杨芊如此看待目前媒体与自媒体的关系：“所以，我们的内容都是自下而上去写的，把自己当成一个普通人，把写稿叫作撸盒饭，写篇稿子就能赚碗盒饭钱。”不发伤口碑的广告、认真准备每一篇原创内容、从粉丝的视角出发写文章、不开打赏……这些都是杨芊所说的“节制”的表现。他认为新媒体时代，只有懂得节制的团队，才能走得稳走得远，看重短期效果、太快膨胀不是好事。

| 困惑：物质需求满足后，工作的目标是什么 |

“最近一年我跟两个不同地方的人聊同一个话题，得出了一样的结论。黄山人和潮汕人都擅长经商，他们都觉得人生最重要的不是金钱，而是时间。”这个发现让杨芊感触颇深，“他们骨子里完全不是一种人，但得出的结论却是一样的，宁可支小摊做买卖，也不愿意给别人打工”。回顾一年前还在职场工作时，他会因上进心作祟，忍不住拿自己跟身边的人进行对比。“现在欲望降低了很多，除了有钱了想买个大房子外，平时的生活非常简单。”

2018 年 1 月，辞职后的杨芊搬回老家大连和父母住一起。每天只用工作几个小时，利用一台手机就可以解决大部分工作的他，在外人眼里似乎是“永远不工作”的状态。“那时最大的苦闷是身边没人理解我每天在做什么。朋友约我出去永远都有空，他们就纳闷我为什么不用工作。”与此同时，家里人也不理解他。回到大连后杨芊才知道，他刚从公司离职时，父亲曾因此上火进过医院。“平时在家，我妈总爱问我整天在床上躺着干吗。”但父母眼里的刷着手机无所事事，其实都是在聊工作。“大连的环境里，能交流工作的人其实很少，所以我每隔一段时间都会去一趟北京或其他城市出差，让自己多参加些活动，仍然活跃在圈子里。”杨芊说，这种状况随着他在辞职后一年内收入的大幅提升，得到了更多理解，“开始有人相信我做自媒体确实可以有不错的收入”。

然而当物质基础得到一定满足后，精神世界难免时有空虚。2018 年的时候我问杨芊“工作是为了什么？”他回答：“人的欲望永远没有终点。现在开价值 10 万元的车，以后想开 20 万元的车，开完 20 万元的以后又想开 80 万元的。但物质满足只是基础，更难获得的是心理上的满足。最近三个月我也在考虑这个问题：工作是为了什么。”当物质已经无法成为一个人工作的唯一目的后，就需要找一个新的目标。

离职后的一年时间里，不断有各种公司的老板找到杨芊，希望他能过去做一个管理人员。曾经有一个老板问杨芊对待遇有什么要求，杨芊想了很久后说“无所谓”，聊了几句后对方又问他“你对待遇的真实要求是什么？”杨芊当时的回答是：“我并不是在端着，我如果去了你们那里，肯定不是因为待遇去的，如果没去，也不是因为待遇不行，我也不知道怎么跟你们谈。”就是在那一刻，他突然意识到自己工作的目标已经不再是钱了，但当时他周遭的环境里，99% 的人没有这种想法。

“前阵子我看新闻，里面提到人类满足的三个阶段，第一是物质满足，二是孩子的教育，三是活得长。如果把人类最基础的需求量化，人类所有追求都是‘在活得长的前提下，质量更高’。”如果从生活得更容易轻松的角度来看，杨芊的老婆在千岛湖有一栋别墅，他可以全家搬过去把其中一间房改成办公室，然后一边开民宿，一边自己种菜养猪，听上去没有更好的生活了。但之所以没这样做，还是因为现在的社交圈都在大连，人毕竟是社会动物，当你的物质得到极大满足之后，就想生活得比别人更好。

事实上，杨芊也不是完全没有物质压力：“我在大连和北京的房子，每个月也要还 1 万元的贷款。这在大连人看来，也是不小的压力。”杨芊说。“但是离开北京之后，我现在有更多的时间陪孩子。我离开大连 14 年了，从来没有过这么长时间与父母相处，改变正在一点点发生。”

对于现在的杨芊来说，有能力去拒绝一些不想做的事和不想挣的钱，是他辞职做自媒体后收获的最大自由，也是他生在这个时代最大的幸运。

Vlogger 大头 SOLO

32 岁离职，做一名全职 Vlogger

2018 年冬天，我在一次饭局上和朋友聊起了“Vlog”。那一年，是很多媒体口中的“Vlog 元年”，走在北上广深任何一座大城市的街头，你都可能与几个一边举着相机，一边对着镜头自言自语的年轻人擦肩而过；打开社交网络，你也会发现从明星到网红，从普通素人到你们公司某个平时看上去沉默寡言的男同事，似乎一夜之间，大家都拍起了一个名叫“Vlog”的东西。

那么 Vlog 到底是什么呢？它的全名是 Video Blog，中文翻译“视频博客”，是用视频记录个人生活的一种短视频形式。2012 年，YouTube 上出现了第一条真正意义上的 Vlog。但直到 2016 年，这个舶来品才传入中国。

那次和朋友的聚餐后，我开始关注 Vlog 领域，不仅买了设备自己试着拍，还从零开始自学视频剪辑——我发现，想要做好一支 Vlog，门槛一点儿也不低。

2019 年，Vlog 以极其迅猛的速度在国内传播，在哔哩哔哩网站（网友俗称 B 站）上，Vlog 的日更数已经达到了几千条，其中最热门的视频点击量接近 1000 万次。同年 4 月，主打微视频的抖音也宣布：全面放开“1 分钟视频”发布权限，推出“Vlog10 亿流量扶持计划”。随着国内这些视频平台对 Vlog 的重视，2019 年，越来越多 Vlogger 以全职的身份进入这个领域。于是，一个新兴的职业——Vlogger，即 Vlog 博主诞生了。

在国内 Vlog 领域的商业模式还不够成熟的今天，成为一名全职 Vlogger 要经历哪些考验？2019 年 6 月，我和一位于同年 2 月从阿里巴巴辞职，全职从事 Vlog 创作的博主“大头 SOLO”（为阅读方便，下文称其为“大头”）聊了聊。相信他转行成为一名职业 Vlogger 的经历，在一定程度上可以代表 Vlog 浪潮之下，首批尝鲜者们的真实生存状态。

| 一场重病，改变生死金钱观 |

木心曾经在《文学回忆录》里说，有四件事对年轻人一生的转变有重要影响，它们分别是：

死亡，最亲爱的人的死亡；

爱情，得到或失去爱；

大病，病到几乎要死；

旅行，走到室外，有钱的旅行和无钱的流浪。

对大头来说，他人生中的一次重要转变，来自一场大病。那年他 28 岁，在上海的一家广告公司做广告创意，为了早日实现工作后在上海买房买车的目标，他常常拼命到周末还接一些制片的商业单。高负荷的工作让他的身体亮起了红灯，结束几场大型手术后，他对赚钱这件事情有了不一样的理解。“生病这件事情对我的改变很大，我开始发现钱什么时候都是赚不够的。你有十万元的时候想赚一百万元，有一百万元的时候想赚一千万元，人都是贪婪的。”

其实刚毕业的前两年，赚钱并不是大头工作中的首要目标。那时，他在新加坡的一家动画公司做三维动画，两年时间里，他完成了不少日本和欧美等国家的动画片，实现了大学时“做一些动画，让全世界的人都能看到”的梦想。

那之后，他选择了回国。“我觉得我的梦想达成了，回国后就一直没找到我要做的事情，于是就想着我要赚钱。”太早实现年轻时的梦想，有时也许并不是一件好事。因为大多数追梦的人也许都没有想过：梦想实现了，然后呢？刚回国的大头，和很多年轻人一样，不明白工作的意义是什么，自己真正喜欢和追求的又是什么。当人生失去方向，最便捷的方式，就是去追求一个大多数人都在追求的东西，比如赚钱，比如买车、买房。

“那个时候的你，其实也没想清楚为什么一定要买房买车，只是因为身边的人都说要买，所以就跟着买了，对吗？”我问。

“是的。”大头回答得很干脆。他从小在父母的打压式教育下成长，想做的事情常常会遭到反对，这造就了他十分好强的性格。刚回国的那几年，他给自己施加了太多压力：工作第一年买车，工作第五年买房——他实现了这个目标，代价却是对身体的摧残。生死关头走一遭后，大头的老板——一个信佛的人，把他送去南京的一家道场调养了一段时间。在道场的十几天里，他每天早上 4 点起床，冥想、学习《金刚经》、做一些舒缓身心的操……

渐渐的，他对生死和金钱的看法发生了改变：“我慢慢意识到，大家平时发的某些朋友圈，背后的攀比心理是有问题的。”看明白这些后，大头的心情有些低落，关于人生的意义，他还有太多疑惑。他独自一人去了江西宜春的温汤散心，观察那边人的生活状态，和庙里的住持聊天，终于“有点解悟了”。

“我会发现真正去道场修行的都是富人，他们对钱其实看得很淡。”当今社会，金钱也许能代表一个人在世俗眼光中的成功，但于个人而言，却未必如此。当一个人富裕到一定程度后，他所追求的东西反而不再是金钱，而是精神上的某些东西。

很多世界名人都有定期去寺庙禅修的习惯，比如苹果的创始人乔布斯，《人类简史》和《未来简史》两本畅销书的作者、以色列作家尤瓦尔 · 赫拉利，阿里巴巴的创始人马云等。

离开道场后，赚钱在大头心中的重量开始慢慢变轻。“我给自己定了一个小目标，比如赚够了多少钱，就要去做自己喜欢的事情。”也是从那时开始，他意识到自己早已和大多数人一样，陷入了为赚钱而工作，却在工作的过程中越来越自我迷失的怪圈。

他回想起以前在新加坡工作时，同事们对工作的热爱。每当他们看到行业有新动态发布时，总是会热情地与身边人分享——他们是爱一行才干一行。反观自己周围，大部分人为了赚钱，都在做着自己并不喜欢的工作，他们是“干一行恨一行”。“我觉得找到自己喜欢做的事情很重要，于是我回顾过往，发现我喜欢把生活点滴拍成照片记录下来，原来我是一个喜欢记录生活的人。”

大头在最后一家公司工作时，正是 Vlog 爆发的元年。2018 年夏天，他第一次拿起相机记录自己的生活，此后，爱上这种表达形式的他，一发不可收拾地在半年时间内制作了 20 多支视频，内容涉及日常生活、数码评测和 Vlog 教程，这些视频为他在 B 站带来了几万个粉丝。

一边工作一边拍 Vlog 半年后，大头辞职了。辞职后，他在家中的工作台旁摆了两幅画，画上分别写着“Love What You Do”（爱你所做的事）和“Do What You Love”（做你所爱的事）。在某期介绍工作室的 Vlog 里，他说：“想用心做一件事情，会遇到非常多的挑战，用心的人往往被大家称之为工匠，但也会被大家称之为傻子。”辞职后的大头，选择了做那个大多数人眼中的“傻子”。

| 行业上升期，拒绝商业化 |

自从 Vlog 进入大众视野后，网络上关于 Vlog 如何变现的讨论就从未停止。国外的 YouTube 网站已有比较成熟的变现体系，Vlog 博主可以按照视频广告的点击量获取收入，平均每播放 1000 次就可以获得 2.5 美元的广告分成。因此，一个在 YouTube 上拥有一定粉丝基础的 Vlogger，是可以靠这份工作养活自己的。

✚ 大头在外滩附近录制 VLOG

而国内的大部分视频平台，在扶持原创博主的补贴方面费用却十分有限。全职 Vlogger 博主 KatAndSid（全网粉丝 500 万人以上）在今年 5 月发布了一支视频，统计他们做视频 3 年以来在各平台的收益，结果显示过去 3 年，他们在 B 站的视频每 10000 次播放量的收入是 40 元，在今日头条每 1 万次播放量的收入是 25 元。

可见，目前国内的大部分 Vlog 博主并不依赖视频平台的补贴赚钱。目前 Vlog 比较常见的变现方式有三种：一是植入广告，二是卖产品分成，三是参加品牌发布会。做得比较成熟的账号，比如擅长做摄影教学和数码评测的影视飓风，背后有一支团队，不仅可以接一些视频拍摄类的商业订单和品牌广告，还生产自有品牌的摄影器材，变现方式相对比较多元。

但是对于大多数单枪匹马的个人 Vlogger 来说，想靠 Vlog 养活自己目前还存在一定的困难。这种困难有时来自外界并不成熟的商业环境，有时则来自个人的内容选择。对大头来说，他辞职后遇到的困境，主要来自个人选择。

2019 年 6 月 23 日，B 站在上海举办了一场 Vlogger 线下沙龙，那场活动上，大头向影视飓风的创始人 Tim 提出了一个困惑他已久的问题："如何平衡垂直类短视频和个人 Vlog？"

在 B 站发布了 40 多支视频后，大头发现，相比个人 Vlog，类似“Vlog 学院”这类教人如何拍 Vlog 的垂直类短视频明显更受粉丝欢迎，但他个人更想做的却是前者。为了让大家多看看他拍的个人 Vlog，他会把这些视频穿插在干货类视频中间，流量却总是不如人意。

“现在 Vlog 这么火，应该抓紧时间商业化变现啊。”大头的朋友总会这样劝他。他当然知道什么类型的视频更容易变现，他曾经在脸书（Facebook）的国内顶级代理公司做过视频和平面创意总监，通过分析什么样的视频做法可以吸引眼球，长了不少打造爆款视频的经验。但他坚持不做那类视频，是因为商业化和博眼球并不是他辞职做内容的初心。

“我还是想讲好一个故事吧。”从某种程度上来说，大头对 Vlog 是有“内容洁癖”的。在他的眼中，合格的 Vlog 必须讲述生活中真实发生的故事，并通过自己的双手完成拍摄和剪辑。一个好的 Vlogger 一定是讲故事的高手。“它不是生活的流水账，更像用视频的方式去写好一篇作文。”

为了讲好一个故事，大头会在拍摄一支 Vlog 前做好大概的规划，然后花一天时间拍摄，两到三天甚至更长的时间剪辑。“有计划地做一件事情，但是不左右它在发生过程中的方向，真实地记录就好。”

在大头看来，Vlog 也有属于自己的文化背景，一旦决定要从事这一行，就应该充分了解它的背景与内含。“很多平台在不了解 Vlog 背景的情况下，就把 Vlog 直接嫁接过去，这个坏习惯在 5 年前的广告业就已经发生过。”2014 年，AR（Augmented Reality，增强现实技术）、VR（Virtual Reality，虚拟现实技术）曾经火热一时，一时间，不论哪个品牌方的宣传，都要和它们扯上点关系。然而，人们对 AR 和 VR 的幻想终究是一场虚妄，这两个概念在被疯炒了两三年后逐渐冷却了下去，至今已少有人提起。

“我是抱着很认真的态度，追溯过 Vlog 的历史才去做的这个事情。”大头说，如果想往商业化的道路上走，他只需要迎合粉丝需求，持续输出垂直类的干货视频就好，“但我不想变成商业化的博主”。

其实早在 2018 年，大头曾经运营过一个 25 万粉丝的抖音账号“大头 SOLO”，但这个号现在已经停更。因为他发现自己做抖音的内容时心态不好，总是跟着热点和流量走。他在视频行业做了 9 年，几十秒的微视频已经无法承载他对深度内容的追求，他只好把阵地转移到了 B 站。

在 B 站，大头凭借早期的一系列 Vlog 教学视频积累了一些原始粉丝。但在不断学习和摸索 Vlog 的过程中，他渐渐发现自己以前做的那些评测、教学和开箱类视频，严格意义上来说不应该挂上 Vlog 的标签。

在盈利模式仍不清晰的 Vlog 市场，不仅给自己设置了这么多限制，

✚ 大头在楼顶拍摄 Vlog

还拒绝了大多数 Vlogger 都在走的商业化道路，这是辞职半年后的大头，给自己制造的“麻烦”。“我还在做内心斗争，思考接下来的路该怎么走。”

像大头一样，仍在坚持讲故事的 Vlog 博主还有很多，比如他很欣赏的 Vlogger 极地手记，虽然已经在 B 站积累了 14 万粉丝，却并不靠 Vlog 养活自己，而是靠前产品经理的工作。还有他的朋友任菜籽儿，“他做的视频很精美，在商业化上也比较困难，但他也一直坚持在做自己想做的事情。”这些人内心深处大概都对 Vlog 抱有某种执念，这种执念让他们在有所选择的情况下，仍然选择了更难走的那条路。

| Vlog 的时代会到来吗 |

自 2012 年 YouTube 上出现第一支 Vlog 以来，YouTube 上 Vlog 的日上传数已经从每天 200 余条，上涨至了 2017 年的每小时 2000 余条。YouTube 成熟的广告分成模式，也养活了一大批全职拍摄 Vlog 的个人博主。在国内，虽然清晰的 Vlog 盈利模式仍在探索之中，但无论是 B 站、微博还是腾讯的 Yoo 视频、今日头条的西瓜视频和抖音，各大平台都在积极开展对 Vlog 的传播和补贴扶持，这对 Vlogger 们来说无疑是一件好事。

2019 年 6 月，在 B 站举办的上海 Vlogger 沙龙上，我最直观的感受是：同一领域的 Vlogger 之间，互帮互助取代了竞争关系。“头部账号的竞争市场还没有形成，新人也还有很大的发展机会。”活动结束后，一名打算今年全职做 Vlogger 的自媒体人对我说。

我在尝试拍了一段时间 Vlog 后，常常陷入思考：Vlog 的存在既然是为了记录生活，为何还要剪出来给别人看？ Vlog 在镜头后的表达，是不是另一种意义上的表演和自恋？直到某天，我在筛选 Vlog 素材时，翻出曾经在旅行中随手拍下的片段。一条条视频看过去，曾经在旅途中发生的稀松小事，突然变得让人怀念起来，以至于看完所有片段后，我的脸上居然挂着不知何时出现的笑容。

那一刻，我迫切地想和更多人分享我在旅途中看到、听到、感受到的一切，就像我曾经迫切想写下每一篇游记时的心情一般。那时我才明白，人们拍摄 Vlog，也是为了记录和分享。“生活中，我们认为很多事情都记住了，但其实不记录的话很快就会忘记，拍 Vlog 就是追逐记忆保存的形态。”大头说。他决定给自己一年时间，专心做自己想做的 Vlog，如果一年后还不能靠 Vlog 养活自己，就重返职场。至于未来会怎样，没有人知道答案。

就像 B 站 up 主（视频上传者）“老师好我叫何同学”在一支测试 5G 速度的视频中说的那样：2012 年 4G 即将商用前，人们在讨论 4G 有什么用时，都在抱怨 4G 没什么用，资费还那么贵。但是 5 年后，大多数人已经没有流量要省着用的意识了，没有人预测到短视频的彻底爆发，更没有想到这个全民皆可直播时代的来临。

“这短短的 5 年里，4G 和它催生的服务，深刻地改变了我们每一个人的生活，人对未来的预测都跳脱不出当下技术和思维的限制……我希望 5 年后当我再打开这支视频，会发现速度其实是 5G 最无聊的应用。”何同学在那支视频的最后说。我也希望 5 年后当我再次打开这篇文章，会发现“做 Vlog 养不活自己”是 Vlogger 们最没有必要的担忧。

林安
微信公众号：土土土槽（xtutux6）
微博：林安爱拍照
豆瓣：林安
B 站：林安爱拍照

林安自述

自由职业，开启我的第二人生

开始“100 个不上班的人”采访计划时，我还是一名上班族。3 个月后，我正式辞职，成为一名自由职业者，以撰稿、摄影和自媒体写作为生。

采访“不上班的人”对我来说，是一个学习如何成为一名合格的自由职业者的过程。随着采访计划受到越来越多的关注，很多人希望我也能分享自己的经历。所以在本书的最后一篇，我决定分享自己的故事。

| 工作的意义是什么？ |

2018 年 5 月 8 日是我从最后一家公司离职的日子，在纠结犹豫了半年后，我踏出了自由职业的第一步。

那一年我 26 岁，在上海的一家互联网公司做市场部某条产品线的负责人，朝十晚七，薪资不错，工作压力也在可承受范围内。这在外人眼中也许是一份十分适合女孩子的工作，但那一年我并不开心。

那一年，公司在发展过程中发生了理念的转变，身边关系要好的同事开始一个个离职。那段时间，每天去公司上班仿佛是为了机械地完成一个不得不做的任务。很长一段时间里，我都像一台没有感情的机器般，坐在办公室里数着时间等待下班。

“工作的意义到底是什么？”这是那一年我思考最多的问题，我一遍遍问身边的人，问我在职场中的采访对象，也问我自己，最后得出的答案是“工作是为了开心”。想一想我们每天除了吃饭睡觉，剩下的时间一半以上都交给了工作，如果工作不开心，我们的人生将会多么惨淡。

如何让自己开心起来？换一份工作？好像没那么简单。在职场工作的 4 年里，我经历过和团队一起通宵熬夜赶进度的奋战时刻，也体验过闲到发慌的工作节奏；遇见过志同道合、让我每天都充满干劲的同事，也体会过与不合拍的人共事有多么痛苦。回顾过去的职场时光，我发现自己只有在与志趣相投、目标相近的人共事时才会感到快乐。一家公司的人和这群人凝聚在一起形成的企业文化，是我在一份工作中最看重的部分。

但有一个现实问题是，任何一家企业在发展壮大的过程中，原始团队难免会被冲散，企业文化也难免会变味。因为更多人的加入意味着你在公司的人际关系也会变。商业在很多时候不讲情谊也不讲对错，你总会在某些时刻感到怅然若失，觉得老板变了或团队变了。这是商业的本质，哪一家公司也逃不掉的命运。

看清楚了这点后，我有些悲观。我可以跳槽去一家自己暂时满意的公司，但是这种满意又会持续多久呢？再过几年，一旦公司的发展方向和共事团队发生我并不喜欢的变化，我是不是又会陷入“工作无意义”的怪圈中重蹈覆辙？

朝十晚七的上班生活仿佛一个无限重复的死循环，我想从这种循环中逃出来。但是不上班又可以做什么呢？那个时候的我心中没有答案，在众多可能性中，我唯一抓得住的稻草叫“自由职业”。

很久以前，我就对自由职业充满了向往。那时我刚刚毕业一年，在北京的一家广告公关公司做数字媒体营销，客户的上班时间是我的工作时间，客户的休息时间是我改稿、改方案的时间。极度的时间不自由让我格外渴望一份能自主安排时间的工作。

直到某天我发现，一直喜欢用文字记录生活的我，竟然很长一段时间没读过一本书、看过一部电影、写过一篇文章了。从前那个充满灵性的自己消失了，取而代之的是一个每天对着电脑、浑身负能量的写稿机器。更可笑的是，我从事的是一份需要脑部创意的工作，可我却完全没有时间去吸收创意的养分。

那段时间，我时常觉得自己是一块干瘪的海绵，因为太久没见过水而变得干巴巴、丑兮兮——是时候做出改变了。

一次偶然的机会，我读到了一篇职业影评人的文章，讲述他辞去稳定的工作，做他喜欢之事的经历。“原来世界上还有人可以靠做自己喜欢的事情养活自己。”我在心里给自己定下了一个目标：三年后，成为一名自由职业者。

+ 工作中的林安

后来的几年，我其实已经在忙碌的职场生活中忘记了曾经定下的这个目标，毕竟对于一个还需要在不同公司吸取经验、增长知识的职场新人来说，那个目标听上去太过遥远。直到三年后，在我决定离开最后一家公司的那一刻，“成为一名自由职业者”这个念头才再次冒了出来。

| 采访 100 个不上班的人 |

“我的哪些技能可以转化成收入养活自己？”带着这个疑问，我开始频繁在网上搜索自由职业相关的文章和视频。我打开微信通讯录，把身边那些“不上班”朋友的名单逐一列了出来，再按照熟悉程度逐一约好了聊天时间。

2018 年 2 月，在看完《圆桌派》的一期名为“不想上班怎么破”的节目后，我写了一篇题为《现在的年轻人，为什么都不想上班了》的文章，没想到这篇文章意外上了豆瓣网站的首页推荐，并在微信公众号上被 200 多个账号转载，引发了网友们的热烈讨论。我第一次意识到：原来有这么多人和我一样不想上班，他们一定也像我一样很想知道那些不上班的人，都是靠什么养活自己的，而那时网上还没什么人做自由职业的系列采访。

“那我不如做一个不上班的人物采访专栏？既可以认识各行各业

有意思的不上班人士，还可以吸取他们的经验为自己的不上班计划做准备。”出于这样的想法，我很快就发布了第一篇人物采访文章。那篇文章采访的是我的一个大学同学，她大学毕业后只短暂地上过几个月班，之后就一直和男朋友一起创业开店，几家店都开得不错。

第一篇采访发布到豆瓣后获得了不错的关注度。于是我一鼓作气，利用平时下班后的时间又采访了几个不上班的朋友，趁这个话题的热度还在连续更新了几篇采访。然后“100 个不上班的人”这个项目，就像滚雪球般越滚越大，越来越多人通过这个项目知道了我。渐渐地，开始有人主动找我想接受采访，有人找我谈商务合作，有媒体和杂志找我约稿，有电视节目组问我要不要去做分享……

可以说，“100 个不上班的人”给我带来了很大一部分信心，让我相信自己可以在辞职后靠写作和做自媒体养活自己。但仅仅只有这两样变现方式似乎还不够，毕竟正式辞职之前，每个月不稳定的写作和自媒体广告收入，远低于我在上海的生活费。我需要一样更稳定的变现技能，在写作和自媒体收入不可观的情况下，补贴自己继续做不赚钱的采访计划。

于是我想到了摄影这项爱好。大学毕业后，出于对摄影的喜欢，我利用业余时间自学并练习拍摄了近 4 年人像，积累了一定作品并得到朋友的一些肯定，我想借不上班的机会，验证摄影这项技能能否给我带来收入。于是，我开始整理过去的人像作品，发布在一些图像类社交平台上，并且参考了其他人像摄影师的营销方式，在网上写了很多人像摄影类干货。

刚开始，新人摄影师在网上获取关注度很难，但由于我坚持在不同平台勤快更新，时常去一些热门景点拍照并分享摄影心得和干货，一个多月后，我终于写出了几篇热度比较高的帖子。那以后，每个月都有网友通过那几篇帖子找我付费约拍。印象里辞职后的那个夏天，我每天不是在外面帮人拍照，就是在家里修照片、写摄影类干货文章。就这样，我度过了前期收入最不稳定的那个阶段。

+ 摄影爱好

自由职业的焦虑期

几乎每一个自由职业者都会谈焦虑问题。作为一个不属于任何一家社会企业，不受大多数社会保障的自由职业者，我们从离开公司的那天起，就开始了一个人的“战斗”。

作为一个焦虑体质的人，为了尽可能减少我在自由职业初期的焦虑情绪，我在辞职前做了尽可能多的准备工作。物质上的准备表现为存钱，精神上的准备表现为不断设想各种可能会发生的最坏结果，并提前想好解决方案。

正式离职前，我已经存下了一笔“即使一分钱不赚，在上海生活两年也饿不死”的存款。这样做的目的是不希望自己被金钱束缚而忘记做自由职业的初心。而在我设想过的所有糟糕结果中，最坏的情况也不过是浪费了几个月时间依然一事无成，重新回到职场找工作上班——这个结果尚且在我的可承受范围内。但是为了让自己尽量不要走到那一步，我给自己制订了明确的目标：前三个月赚到足够维持基本生活的费用，后三个月赚到超过上班工资的收入。

定下的这个目标有好处也有坏处，好处是每一次在我找不到自由职业的意义、短暂地迷失方向时，至少还有一个赚钱的目标指引我继续。坏处是以赚钱多少作为衡量自由职业成功与否的标准，会为了赚钱走很多弯路，从而与真正重要的目标背道而驰。

自由职业的前三个月，我像一根绷紧的弦，一刻也不敢休息，每天晚上闭上眼，脑子里各种赚钱的想法冒出来，根本睡不着觉。最难熬的时候大概是那年 7 月，我还记得那个月过去一半的时候，我还一分钱都没赚到。在焦虑的情绪之下，我不敢有一丝放松，每天宅在家里想各种拓展收入的办法。

由于长期不出门见人，我的心态也出了问题：很容易情绪崩溃陷入自我怀疑之中。活了二十多年，第一次觉得自己特别失败，强烈的自尊心又不允许我向外人透露这种糟糕的状态，于是所有负面情绪我都一个人吞进了肚里。

印象最深的是某天晚上，我在微信群里和外地的朋友聊天，忘记当时聊到了什么，我突然就没由来地哭了起来，像是情绪到了崩溃的边缘，眼泪再不爆发出来会生病一般。我一边在群里打着“哈哈哈”，继续和朋友聊着无关紧要的天，一边止不住眼泪地痛哭——那种难受的感觉我至今仍然记得。

好在情绪最糟糕的那一个月里，我也从未停止过做事情。人们总说当一个人走到低谷，接下来的每一步都是上坡路。我信了这句话，并靠着某种强烈的意志力和信念撑过了 7 月份，并在 8 月份实现了收入上的突破——那个月，我的月收入第一次超过了上班工资。

8 月，我和不上班的某期采访对象葛亚坤一起合作开了“讲书稿”线上写作班。经过近三个月的筹备，那次课程的销售效果和学员评价都超出了我们的预期，这件事情让我再次对自己恢复了信心。

从 9 月开始，我在网上坚持更新了几个月的文章终于开始发挥效应：一些媒体和公司开始主动找我约稿，此后的几个月，我和几家媒体平台和互联网公司建立了长期合作，收入靠着稿费和自媒体逐渐稳定了下来，焦虑的情绪也开始慢慢得到缓解。

自由职业初期最焦虑的那段时光教会了我一个道理：很多时候焦虑没用，做事情有用。当你一直坚持做某件正确的事情时，到了一定阶段，机会自然来。

| 不上班不等于不工作 |

随着“100 个不上班的人”采访计划在网络上的关注度越来越高，越来越多人问我：“我也想不工作也有钱赚，怎么才能做到”或者“真羡慕你们自由职业者，既自由又轻松”。

渐渐的，我发现大家对“自由职业”和“不上班”抱有某种误解，他

✚ 旅行间隙，林安在民宿里工作

们认为“不上班”是一件很美好的事情，自由职业真的很自由。我开始反思我的采访文章是否传递了不正确的价值观，让大家误以为“不上班是更轻松的”，或者“不上班是一件很容易的事情”。

那时的我意识到“100 个不上班的人”这个采访计划存在的意义，不该只局限于“分享他人不上班的成功人生”，而应该是“帮助那些有能力不上班的人踏出不上班的第一步”，同时让那些对不上班抱有不切实际幻想的人认清现实，继续老老实实地上班。我很怕有人告诉我：“林安，我读了你的文章后辞职了，接下来我该怎么办？”一个人不上班的前提应该是知道自己何以为生。

因此，从 8 月开始我调整了自己的写作思路，除了采访那些成功的自由职业者外，我还采访了一些失败的案例，并在那些成功的故事中强调主人公遇到的困难，以及他们从事自由职业所承担的代价。这样做是为了告诉大家“不上班不等于不工作”，“这个世界上没有绝对轻松的路可走”，“想要成功，就必须先经历磨难”。

在我看来，为了逃避上班而选择裸辞从来都不是一个明智的决定。采访了几十个不上班的人后，我发现大部分有能力不上班的人，都不是职场的逃兵。相反，他们在职场中也是很优秀的人，相比于在一家公司听从指挥给别人打工，他们更想按照自己的想法，为自己做点事情。他们不上班是因为无法在职场充分施展自己的能力与才华，而不是为了逃避工作去选择一条更轻松的路走。

不上班的这一年，我常常感慨“相比自由职业，还是上班更轻松”。上班的时候混日子也照样有工资拿，工作进度有老板和同事监督指引，没有目标了参考一下别人的职场晋升路径就好，工作上犯了错还有领导或同事一起分担。

自由职业呢？一天不工作就一天没有收入；没有了外界的约束后，每天都要与自己的拖延和懒惰做斗争；没有人生模板和晋升路径可参考，每一步都要靠自己摸索；犯了错砸的是自己招牌，后果完全自负……

所以，在经历了一年多时间的不上班的生活后，我发现自己居然比上班时更加热爱工作了，因为做的是自己喜欢的事情，所以工作时间再长也不会抱怨，自然也就没有加班一说。对于时间，我也有了更强的感知力与掌控力。人生的掌控权好像一点点从别人手里被拽回到了自己手里。而这些改变都是我用无数个不眠不休的工作日，无数个因为焦虑而睡不着的夜晚，无数次崩溃边缘的自我救赎换来的。这个过程一点也不比上班轻松，但看到了蜕变后的自己，我觉得一切都是值得的。

曾经有一个采访对象说："每一个靠自由职业活下来的人，都会变得更加自信。"对此我深表赞同。对比一年前，现在的我更自信、更洒脱，面对生活中的一些困难，也不再轻易焦虑了。因为做自由职业这么难的事情我都坚持下来了，还有什么事是我克服不了的呢？自由职业，在某种程度上来说，开启了我的第二人生。

但我仍然不建议人们轻易辞职走上"不上班"这条路。虽然国内的自由职业群体正在慢慢扩大，越来越多人预测它可能是未来的一种工作趋势，但就像有些工作不是每个人都能胜任一样，"不上班"的生活方式也并非所有人都能适应。我见过太多因为不自律、难以克服不上班的孤独感和丧失目标方向的人，在尝试过一段时间不上班的生活方式后，一蹶不振或者重返职场。

自由职业的阶段

✚ 林安自由职业一年的三个阶段

所以我希望每一个想从事自由职业的人，在冲动辞职之前都认真想一想下面这三个问题：

1. 我是为了逃避上班，还是为了去做自己真正喜欢的事情才离职？

2. 我现在的存款，可以支撑我过多长时间没有收入的日子？

3. 没有人给我发工资后，我靠什么养活自己？

最后，我还有几点不上班一年多时间的心得感受，它们也许可以帮助那些打算不上班的新人少走一些弯路。

1. 先做加法，再做减法。

这是我从很多采访对象身上发现的共性，当然我自己也是这么做的。自由职业早期，因为收入不稳定，我把自己能想到的、感兴趣的事情都尝试了一遍。比如摄影这块，我除了拍一对一的人像外，还组织过以活动为主的 photo walk。比如自媒体这块，我除了接广告，还开发了线上课程，组织了线上社群分享和线下聚会沙龙，这其中有些能带来收入，有些不能。所以前三个月我的收入来源特别杂。

三个月后，在复盘的时候，我按照不同事情的投入产出比、兴趣程度和发展潜力做了一个排序，砍掉了那些投入产出比低的事情，开始将精力集中在主要事情上。

2. 先做事，后赚钱。

这是我从事自由职业很久以后才学习到的心态。很多自由职业新人满脑子只有赚钱，我刚开始也这样，每天都在盘算着这个月要挣多少，下个月怎么突破。那时的我把赚钱的多少当作衡量自由职业成功与否的唯一标准。其实这样是本末倒置的。

我们应该先做正确的事，再去赚钱。当正确的事情做到一定程度后，赚钱是一个自然而然的事情，不需要你绞尽脑汁地去想办法。所以，我们在做规划时应该写清楚“这个月要完成什么工作上的目标”，“下个月要如何进一步自我突破”。

做事的方向对了，赚钱只是一个时间早晚的问题。

3. 善用焦虑。

做了自由职业，焦虑就是你的好朋友了，而不应该是敌人。缓解焦虑最好的办法就是去做事。下次当你感受到焦虑时，可以先告诉自己“这是好事”，再利用焦虑去推动自己做事情，一定一定不要在焦虑的时候一蹶不振。

焦虑应该是辅助你在海上冲浪的浪花，而不是直接吞没你的海啸。

4. 定期社交。

人类是群居动物，大部分自由职业者都脱离了主流社会的框架体系，成为“独行侠”。自由职业初期，在收入不稳定和自我认可度极低的情况下，社交的大幅减少很容易让人情绪崩溃。长时间独处带来的负面情绪，又会反过来影响你的工作效率，这是一个非常可怕的恶性循环。

由于缺乏社交而心情抑郁的阶段，我调节自己的唯一方式就是逼迫自己每周必须出门社交一次，不管是见熟悉的朋友，还是参加陌生人聚会，或者参加一些同城活动。走出去，不能确保你的心情一定会有所缓解，但是不走出去，你就会一直在恶性循环的坏情绪里，走不出来。

对自由职业者来说，出门社交还有很重要的一点：很多机会都隐藏在社交里。比如，我曾经很多次跟朋友在外面约会，却莫名通过她的朋友接到了一篇约稿；也曾经做完一期采访后，恰巧碰到采访对象有一个没时间接的摄影单子，顺手推给了我。

5. 坚持做你认为正确的事。

最后最重要的一点，我之前也说过很多遍：一定要坚持做正确的事情。这个社会太浮躁，大家很容易只看到了别人的结果就眼红："小A发篇文章粉丝就涨了好几万。""小B在镜头前唱唱歌、跳跳舞就月入六位数。""小C不用上班，每天到处免费旅游真是神仙生活。"

真实的情况是怎样的呢？小A不是靠一篇文章就"涨粉"几万人，而是坚持发了100多篇文章，经历了无数篇不温不火的文章后，才"涨粉"几万人。小B不是只在你看得见的时候才在镜头前跳舞唱歌，在你看不见的时候，她也在练习、学习、想新的视频拍摄脚本，就这样坚持了很多年才月入六位数。小C不是每天随便拍拍风景、发发微博就可以四处免费旅游，那些照片里的轻松都是靠长年累月的四处奔波和在外面旅游一天后，回到酒店还要修图写文章换来的。

大家都是普通人，都在为自己选择的生活坚持付出，很少有人是真正的"一夜成名""一炮而红"的。自由职业也一样。我采访过那么多小有成就的自由职业者，如果说他们身上的哪种共性让他们走向了成功，那一定是“在正确的路上，一直坚持”。坚持做正确的事情，时间会给你答案。

这就是我自由职业一年半时间的所有经历和感悟，希望对每一个想从事自由职业的人有所帮助。

希望未来社会，每个人都能以自己喜欢的方式，做着自己喜欢的事情。没有人再抱怨工作，因为它已经成了一件让人感到快乐的事情。

关注我的B 站：林安爱拍照

关注我的微博：林安爱拍照

读者故事

那些不想上班的年轻人

在执行“100个不上班的人”这个采访计划的过程中，我有过很多次进展不顺和自我怀疑的时刻，是网络上的读者朋友们，在这些时刻一直鼓励我、支持我，让我坚持了下来。虽然距离采访完“100个不上班的人”还遥遥无期，但我想在第一本书里，分享一些我的网络读者们关于“不上班”这个话题的一些故事和想法（收集自我的自媒体——“土土土槽”）。

现在的年轻人，为什么不想上班了？下面是他们最真实的想法。

ID：碗碗

城市：北京

职业：兼职翻译

工作时间：6~10年

裸辞后的这一年，我度过了废柴般的休息时光，除了备考和偶尔接点兼职的活儿、进行“佛系”面试外，大部分时间都很放松。有朋友奇怪我怎么能这么淡定，没有收入似乎应该心慌，我觉得不上班的时候其实花费也变少了。也有了解情况的闺蜜说如果不是有稳定收入的伴侣，可能我经济压力就大了。不上班以后，我也接触了很多不上班的人，比如新手全职妈妈和“家里有矿”型选手，大都没有上班的人那么焦虑。我的情绪变得积极，生活慢下来，我就有了更多时间思考人生。至于未来怎么样我还不确定，反正不能为挣钱不要命，当然因此也关注了本书的系列文章。比起以前，我的收入骤减，但幸福感爆棚，想看演出、展览不用担心加班，旅游不愁请假不批，养花、养鱼、养狗就能忙一天，眼睛疼、头疼的问题也消失了。不上班的结果，别的我不知道，身体是真的健康起来了。

ID：叶子

城市：杭州

职业：自媒体 / 产品设计师

工作时间：1~5 年

已经不上班两年了，两年前的我一定不敢相信性格乖巧、文静内向的自己可以做出这么大胆的决定，并且还坚持下来了。坚持下来的原因一方面是收入已经带给我很大安全感；另一方面，自由职业让我这样性子慢的人得到了丰富自己的机会。这两年重拾了摄影和画画的业余爱好，同时靠写作和产品设计的收入维持日常支出。我想说的是自由职业并不是很“酷”的工作，它更多是在完成一项自我探索，路途枯燥而孤独，但它让我看到了付出的回报，我非常感谢自己当初的决定。

ID：白鳍豚

城市：汕头

职业：微电商

工作时间：6~10 年

我对现在的工作不满意，因为收入低、没提升，没有收获想要的圈子。我理想的工作方式是自由且自律，不会忙得像机器人，既能做出符合要求的成果，也能促进自我提升。不上班不代表失业，而是灵活就业的另一层意思，是需要社会从软硬件方面都提供多一些渠道，让自由职业者的工作环境更加完善。

ID：王小瓶

城市：上海

职业：研发工程师

工作时间：1~5 年

我刚回国时在厦门的一家千人上市公司担任分析师，但他们其实是看中我的专业背景与未来项目有契合点，所以工作内容和职位并没有什么联系。兢兢业业地工作了半年后，这个“未来的项目”进展并不理想，我就处在了一个很尴尬的位置。于是我礼貌地主动离开，来到上海一家创业公司，希望至少能在更靠近老板的地方积累更多东西。我理想中的工作方式是 24 小时都能为自己而活，能错开人潮，在别人忙碌时休养生息，在别人贪懒时悬梁凿壁。

ID：婷宝

城市：北京

职业：自由撰稿人

工作时间：10 年以上

我之前在“官媒”工作了 7 年，是一名人物记者，后来进入互联网公司，现为自由撰稿人。曾经在某家网红食品公司工作时我的职位是内容主笔，公众号稿子都由 CEO 审核，好坏根据他的喜好来定，阅读量和带货力“扑街”后还要为内容负责人背锅，这些都时刻让我想辞职。

我觉得现在的新媒体工作者太急功近利了，被资本推着向前走，写得好坏都是次要的，甲方要的只是数据。我之所以选择不上班重新回归写作，是因为我尊重自己曾经是记者的这个身份。它让我读懂人性，及其背后的巨大光环或阴影。我觉得上班不是一个人实现自我价值的唯一途径。不要听信“时代会抛下你”这样的“馊鸡汤”，要遵循自己内心深处最真实的声音。

ID：慕容

城市：深圳

职业：转行产品经理中

工作时间：1~5 年

说起不想上班的理由，我能像祥林嫂一样讲几天都讲不完。我曾经为了紧急项目留在公司加班甚至放了数年未见的同学的鸽子，害得同学没吃晚饭。结果项目结束后，同事"甩锅"说我不负责任。简直气到炸裂。还有一次我好心帮一个身体不适的同事分担工作，结果变成我一个人的事。周末连下两天暴雨，我还要跑回公司孤苦伶仃地加班，恨不得左右开弓。由于打电话没人接，项目出现了非本人负责环节的失误，结果却遭到误解，被骂得狗血淋头……所以我理想的工作，如果一定要团队合作，希望团队的人不要太自私，要有点大局观和责任感，真正懂得团队的意义。我现在不上班已经 13 个月零 3 天了，过得很快乐，一直想找林安投稿，但是觉得自己并不算真正的自由职业者。因为我思考的结果是转行，自由职业或者创业也许是我下一个阶段的目标吧，我觉得自己还需要再积累。

不上班的这些日子，我有了充足的时间去陪伴家人、陪伴自己的内心，与自己对话、思考。我瘦了 52 斤，自学了 Python、Stata、运营和产品的相关知识。我想这是我至今为止最快乐和无忧的一段时间了，没有学习和工作的压力，专心做自己想做的事，调养身体。虽然时间有点长，但是我不后悔。这段时间带给我的快乐和自由能让我延寿 10 年！之前工作遇到的太多人和事积攒了太多负能量，终于都清理干净了，我学会了宽恕和理解。

ID：全部的全

城市：泉州

职业：无职业

工作时间：1~5 年

我和朋友合伙经营过小微设计公司，小本经营。曾经小心翼翼地坚持摸索着如何吃饱（赚到钱）又吃好（实现个人及公司发展），结果在三线小城市的熟人社会风气和不健全的商业环境里，我和合伙人全部精力都耗在了关系维护上。我找不到工作的价值，在工作过程中感受不到尊严，也看不到经济前景。我和朋友的内心越来越压抑，最终因为一件小事大吵一架，然后就此散伙。

我觉得好的人生状态应该是工作从属于生活，而非生活从属于工作。想不上班的人可以不上班试试，你会发现报复性消费会消失，物欲会减少，人反而活得更从容了。

ID：睦生

城市：惠州

职业：日语培训 & 翻译

工作时间：1~5 年

不想上班的时刻，是发现领导口口声声说要帮助随时都在，但需要人帮忙却没人回复时。让人心灰意冷。当时火急火燎说要改文案的是他们，说随时都在的也是他们。那天本来是我考试的日子，为了修改文案，我缺考了。我从来没缺考过，更从未想到缺考会是因为工作。那天边哭边修改的时候，我知道我该辞职了，然后我成了一名自由职业者。

我认为，自由职业从来不是一个终点，而是一个阶段，是实现更多自由（比如人生的自由）的一个阶梯。自从我开始自由职业后，“996”的情况反而多了。我的时间观念变得越来越强，更加清楚时间的价值。但太过在乎时间，也会令人急躁，这是目前比较困扰我的事情。

ID：阿飞

城市：上海

职业：室内设计师

工作时间：1~5 年

我理想的工作方式是找到自己擅长的事情，剩下做什么以及怎么做的问题也就迎刃而解了。我说我想每天旅行，靠广告商的赞助生活，但是我知道我无法做到那样。如果我们只局限于理想的工作方式，而不看清它的前提，那这个理想也只是幻想。我觉得不上班并不代表不工作，从本质上讲，那些混得好的自由职业者，只是找到了一种更能体现自己价值的方法。

ID：子夜

城市：北京

职业：文案策划

工作时间：1~5 年

我工作的前公司很小，一个接一个的文案工作堆积如山，主文案只有我一个，而每一个项目的品类又不同，需要我不断换脑子，去挖掘卖点、想客户的痛点。我觉得没有了生活的激情，工作压力大、项目多，特别想辞职。

我理想的工作状态是做我想做的事，可以很累，但也可以选择不做，全凭我自己的心情。为自己工作，就能拿到不错的酬劳，能带着笔记本去喜欢的城市工作，也能随时回家陪伴家人。我觉得对家人的陪伴很重要，如果不是为了生计，又有多少人愿意背井离乡？

当然，我觉得工作本身还是有价值的，但是做绝大多数工作还是为了工资，为了能买自己想买的东西，照顾自己想照顾的人。

ID：顾佚

城市：杭州

职业：活动策划

工作时间：1~5 年

作为某国企的乙方，我们在策划活动的时候，相比提升活动效果，更重要的是减少投诉。最终的策划方案就沦为反复做几个简单无脑风险小的活动，无力提升专业能力。每当我磕磕绊绊地做完了一个所谓的大项目后，除了疲惫一无所得，心里毫无成就感，只觉得：哦，做完了，下周又要来些什么活儿呢？

我理想的工作状态是能用自己喜欢的方式分享自己看见的世界，能在淡季出游，看看世界各地，而不是世界各地的游客。希望自己有朝一日能有足以换得温饱的一技之长，充足的自信和抗压能力，单枪匹马和这个世界打打交道。

ID：玛丽莲孟雅

城市：海口

职业：新媒体编辑

工作时间：1~5 年

从媒体辞职之后，我进入一家公司做新媒体。公司在宣传方面很欠缺，领导也不懂这方面的东西，总觉得我在占用他们的资源。因为领导不懂，连很多最基本的新媒体操作都不会，每次我都要花时间去解释一些很基础很简单的事情，心很累；又因为不是媒体公司，我做的又都是媒体宣传的工作，所以我做的工作并不是以媒体的标准进行绩效考核的，等于做得再多，也只能拿个死工资。工作久了，我也就越发倦怠，没有动力，感觉自己像温水里的青蛙。我给自己的定位是自由撰稿人，目前有多篇上稿，阅读量和转发量也比较好，但由于稿费太低，还不敢辞职。一边旅行，一边写稿，这是我理想中的工作。之前我也试过几个月，结果失败了，不得不又回来上班，但是我觉得吸取教训之后我肯定还要再试一次。

ID：张小乐

城市：上海

职业：国企法务

工作时间：10 年以上

不上班不代表没有工作，不代表生活混乱与颓丧，与之相反，不上班是为了让自己在维持生计的同时最大限度地享受自由，在自由的氛围里做一个更加自律、对自己更加严格的人。合理安排每一个能够自由发挥的日子，最大化地创造自己的价值、主宰自己的生活。

后记

在书的最后，我想感谢那些曾经在书的写作过程中，给予我帮助和鼓励的人。

谢谢在所有平台关注我的读者朋友们，你们的存在是我更新每一篇文章背后的动力。

谢谢这本书中的每一个采访对象，很多人我在采访之前并不熟悉，但你们无条件地信任我，愿意将宝贵的人生经历与我分享，才有了这本书的出现。

谢谢这本书的编辑季编，在我对自己的采访就快失去信心，觉得出书这个目标可能无法达成时，你的出现和鼓励给了我完成这本书的动力。

谢谢我的父母，发自内心地支持和接受我做一名自由职业者，并在我写书的过程中给予了最大限度的精神支持。

过去，我常常会收到不同读者的留言，感谢我让他们看到了更多丰富多彩的生活方式和不一样的人生。但其实，写在作这本书的过程中，我才是收获最大的那一个人。我曾经说："感觉我是一个容器，偷偷将每一个采访对象身上我喜欢的部分藏进了体内，于是我也成了一个看上去有趣的人。"

希望读完这本书的你，也能有同样的感受。

——林安